何建明文集（6）

雨花台

何建明　著

作家出版社

图书在版编目（CIP）数据

雨花台/何建明著. -- 北京：作家出版社，2022.1
（人民文学头条：全7册）
ISBN 978 – 7 – 5212 – 1475 – 8

Ⅰ.①雨… Ⅱ.①何… Ⅲ.①报告文学 – 中国 – 当代
Ⅳ.①I25

中国版本图书馆 CIP 数据核字（2021）第 127636 号

雨花台

作　　者：何建明
责任编辑：田小爽
装帧设计：留白文化
出版发行：作家出版社有限公司
社　　址：北京农展馆南里 10 号　　邮　　编：100125
电话传真：86 – 10 – 65067186（发行中心及邮购部）
　　　　　86 – 10 – 65004079（总编室）
E – mail: zuojia@zuojia. net. cn
http: // www. zuojiachubanshe. com
印　　刷：三河市紫恒印装有限公司
成品尺寸：145 × 210
字　　数：161 千
印　　张：9.125
版　　次：2022 年 1 月第 1 版
印　　次：2022 年 1 月第 1 次印刷
ISBN 978 – 7 – 5212 – 1475 – 8
定　　价：188.00 元（全 7 册）

目 录

序
"主义"与信仰的祭坛

雨花石是斑斓的，因为它有一座用"主义"和信仰垒起的祭坛——雨花台。

自然形成的雨花台和被当作屠场的雨花台，一直到了 1949 年 4 月 23 日人民解放军解放南京那天起，它便成了中国人民心目中永远巍然屹立的一座不朽丰碑与精神圣地。

从黑暗中走出来的南京人民，从这一天起，就开始了一件庄严而神圣的事——修建革命先辈用鲜血与生命凝成的烈士纪念地。

这就是今天我们所看到的雨花台。

"共产主义是不可战胜的！"

"星星之火可以燎原！"

"死难烈士万岁！"

这三句话，是 1950 年 7 月 1 日当日刊发在《新华日报》的毛泽东的手书。

在同日的这份报纸上，还刊发了唐亮等南京市、江苏省、华东局领导们的文章《先烈们永垂不朽！》《学习先烈们为人民服务的精神》等纪念专文，以及《新华日报》记者采写的《记雨花台》等专题报道。

7月2日，南京市党、政、军首长，烈属代表以及各民主党派、各人民团体代表数百人来到雨花台，为兴建人民革命烈士墓，举行隆重的奠基典礼。典礼由南京市军管会副主任唐亮主持。朱启銮代表唐亮致哀词。

哀词这样说：

……中国共产党与爱国人士，为着推翻帝国主义、封建主义、官僚资本主义的压迫和统治，求得民族独立，人民解放，数十年来抛头颅，洒热血，前仆后继，不屈不挠地与内外敌人进行残酷的搏斗，无数中国人民的优秀儿女在斗争中壮烈地流尽了最后一滴血，他们为着新中国的诞生，慷慨地贡献出自己的生命，这是中华民族的光荣史迹。

南京曾是国民党匪帮二十二年反革命统治的中心，自大革命失败后，以蒋介石为首的国民党反动派就以南京为中心，在全国范围内开始了极端残忍的对中国共产党人和中国人民的大屠杀，我们二十万优秀的共产党员和爱国人士在这里遭受了反革命的残杀，中国共产党的优秀的领导人恽代英同志、邓中夏同志、罗登贤同志、孙津川同志等，就在这里英勇就义，他们都是中华民族最优秀的子孙，他们的牺牲是中国人民无可比拟的巨大损失。

我们今天代表南京市的各界人民、南京的中国共产党和各民主党派来追悼我们的先烈，我们一定要牢牢地记着：国民党反动派对中国人民是这样残暴，我们的胜利是经过无数曲折艰难的道路才得到的，我们中国人民为着全国的解放，曾付出了多么高的代价！现在革命胜利了，我们一定要继承先烈的遗志，像先烈们一样爱护我们的祖国和人民，我们一定要为建设新中国的不朽事业鞠躬尽瘁，我们一定要时刻记住穷凶极恶的国内外反动派是不甘心于我们的胜利的，我们不能片刻放松对他们的警惕。

我们今天代表南京市的人民、南京中国共产党和各民主党派来追悼我们的先烈，我们一定要好好学习先烈们对革命事业的无限忠诚，和他们至死不屈、临难不辱、大义凛然的精神。他们的革命意志是如此坚贞，任何力量都不能摧毁。现在革命已在全国范围胜利了，但这不过是万里长征的第一步，前途的困难是很多的，我们一定要像先烈们一样，对革命事业要有无限忠诚，全心全意为人民服务，不为威屈，不为利诱，要以这样的精神与行动来纪念先烈，学习先烈。

我们今天代表南京市的人民、南京的共产党和各民主党派来纪念我们的先烈，我们一定要牢牢地记着：我们今天的胜利是无数先烈用生命换取来的，先烈们用自己的鲜血和头颅给我们铺平了道路，我们要饮水思源，绝不能丝毫忘了创造这份胜利的艰辛。为着永远纪念在南京牺牲的二十万先烈，并以此鼓舞生者教育后代，我们决定在雨花台建造一个烈士陵，这是一件极有意义的工作，也是一件光荣的任务，我们必须积极地参加这一工作，并把它很好地完成。

之后是隆重的奠基仪式：一块碑高 0.8 米、宽 0.3 米耸立在公众面前，那碑文上写着："人民革命烈士墓奠基纪念，南京市各界人民敬立，一九五〇年七月一日"。

1952 年 5 月 1 日，在雨花台主峰建成奠基纪念碑，碑高 6.8 米，碑的正面，是用紫铜铸造的毛主席手书"死难烈士万岁"六个大字。1952年12月20日，在烈士牺牲最多的北殉难处、东殉难处和西殉难处分别建成纪念标志。北、西两个烈士殉难处竖立牌坊各一座，牌坊上方用紫铜铸造"革命烈士殉难处"七个大字。在东殉难处建立碑坊一座，碑高3.8米，宽1.22米，厚0.7米，碑面用紫铜铸造"革命烈士殉难处"七个大字。

从此以后，南京雨花台成为新中国最大的一处革命烈士纪念地，直到今天。而今天的雨花台烈士陵园无论从规模到内容、品质也今非昔比……然而最主要的是它让全国人民就此也知道了在这里躺着成千上万自中国共产党成立之后所牺牲的无数我们熟悉的和并不知晓的那些英烈事迹。他们用自己的生命之血染红了党旗和国旗，并让所有人民在祖国的怀抱之中，享受着幸福的甜美和阳光的温暖……

2014年12月，习近平在视察江苏时指出：在雨花台留下姓名的烈士就有1519名。他们的事迹展示了中国共产党人的崇高理想信念、高尚道德情操、为民牺牲的大无畏精神。要注意用好用活这些丰富的党史资源，使之成为激励人民不断开拓前进的强大精神力量。

这就是我们为什么要写一部较为完整的《雨花台》——

第一章

"一号烈士"之谜

其实他是我党早期潜伏于敌人心脏的重要军事人才，中共三大代表。早在 1923 年，毛泽东就曾代表党中央向他特别交代：若要"打仗时，应设法保存实力"……牺牲前，他是以蒋介石为总司令的北伐军总司令部警卫团少将团长。

金佛庄，让我们记住你的名字吧！

走进雨花台烈士纪念馆大厅，第一个见到的烈士就是他——金佛庄。一个陌生的名字，一个也常常被讲解员一略而过的烈士："这位烈士牺牲得早，公开身份又是国民革命军少将团长，所以有关他的事迹很少……"

于是乎，金佛庄烈士几乎没有人记住他。但我不甘，从第一次到南京雨花台烈士纪念馆，我就对身着军装的他默默地产生了兴趣，这或许是同为军人出身的缘故，或者我潜意识地感觉一个任职于北伐军总司令部之中的重要人物，怎么可能那么"简单"呢?

一次怀疑，二次怀疑……后来经过多方证实与调查，我不再怀疑了：雨花台的"一号烈士"果真是一位非凡人物!

1921年中国共产党在上海召开一大，当时浙江还没有成立中共组织。1922年，浙江第一个中共组织——杭州党小组成立，金佛庄是这三人小组的其中一人。而此时，中共党员在全国的总数也才195人，更没有像金佛庄这样拥有保定陆军军官学校毕业的背景和北洋政府军浙江首脑夏超的警卫营营长之职务的党员。难怪乎，参加完在广州召开的中共第三次全国代表大会后，作为中共中央委员的毛泽东，代表党中央出席并指导中共上海地方兼区执行委员会的第六次会议时，专门密令金佛庄如果所带的一营"要上阵，打仗时应设法保存实力"。可见，党对金佛庄所寄予的希望有多大!

1924年春，第一次国共合作正式实施。黄埔军校筹备创建。中共从实际控制的上海大学和各地中共骨干中抽调人员赴广州协助创建黄埔军校。

"金灿兄，现在我受组织之命向你传达指令：派你去广州参加筹建黄埔军校……"中共上海地方兼区委书记、浙江省党组织负责人、杭州党小组组长徐梅坤（后名徐行之）突然有一天找到金佛庄，秘密通知道。

"马上就要动身？"

"当然。"徐梅坤点点头。

俩人在西湖边接头之后，金佛庄回到营部，简单地收拾后，辗转千里，到了广州。

"你就是两进保定陆军军官学校又考上厦门大学的金佛庄先生？！"正忙着筹备黄埔军校的国民党财政部长、被孙中山任命为黄埔军校筹备委员会主任、后改任军校首任党代表的廖仲恺先生，一见前来报到的由中共中央及毛泽东推荐来的教官金佛庄竟然是位军事素质高又仪表堂堂的青年，便格外高兴，"坐坐，请坐下！"说着又给前来报到的金佛庄倒上一杯茶。

金佛庄报到之时，正是黄埔军校筹备工作最忙碌的时候，除了建校，还有招生。当时国民党因为没有地方组织，所以除了广东之外，连招生的"广告"都发不出去，各省军阀互不买账。孙中山生怕黄埔军校首次招生"流产"，于是便让廖仲恺找到中共中央总书记陈独秀，希望借共产党之力，帮助招生。后来尴尬的局面很快打破。比如在上海，就由中共中央委员毛泽东和恽代英亲自出面秘密挂起了黄埔军校"招生办"，为首期黄埔军校输送了许多优秀学生，如后来成为人民解放军军事大家的徐向前、陈赓、张际春等，也有成为国民党名将的宋希濂、杜聿明等。

黄埔军校的招生特别严，除考政治、作文和数学 3 门课程外，还有年龄、身体等方面的要求，而且还要初试、复试。复试则必须在广州大帅府黄埔军校筹备处由专门的教官和招生办工作人员按统一的标准进行。

那天金佛庄与廖仲恺首次见面时，廖仲恺办公室的外面就是学生复试点。这时突然从外面传来一阵号哭声，随即又响起一个慷慨激昂的声音——

"凭什么不让我参加国民革命？革命是每个年轻人的义务！个子矮怎么着？拿破仑的个子也不高，不一样驰骋疆场吗？总理孙中山的个子也只有一米六八，校党代表廖仲恺先生更矮嘛！国民革命怎能以貌取人呢？"

"你、你这是对总理和党代表的不敬！"

"我说的是实话，这怎么叫不敬？我看哪，孙中山先生的主张为什么得不到实现，就是因为你们这些人让许多热血青年报国无门！"

"闭上你的臭嘴——"

外面这一来一去的火药味，室内的廖仲恺和金佛庄听得一清二楚。金佛庄心想：也不知哪个考生竟敢如此直呼总理和党代表个儿矮……他借机偷偷瞟了一眼正在向玻璃窗外看"热闹"的廖仲恺，以为身为大人物的廖仲恺一定会迁怒那位不识抬举的考生。哪知廖仲恺接下来的做法让金佛庄大为感动和感叹。

"走走，到外面看看出了啥事……"廖仲恺朝金佛庄一挥手，便出了门。

廖仲恺一看，那个大嗓门的考生是位小矮个儿，看上去也就一米五八、五九的模样。一问，是浙江宁波来的，名叫胡宗南。

"党代表，他除了个子不够条件外，年龄也过了好几岁，已经二十九岁了……"教官见廖仲恺出现在面前，赶紧报告。

"噢，个子似乎比我廖某还矮那么一点点儿，年龄嘛，倒是比我年轻好几岁……你真的很想跟随孙中山先生革命？"廖仲恺和颜悦色地将那个嚷嚷了半天的考生从上到下打量了一遍，问道。

"报告长官：我胡宗南跟定孙中山先生革命到底，就是死了也不后悔！"那位叫胡宗南的考生如此说。

"好，这位同学，现在我批准你参加考试，并且愿为你担保入学！"

"是！谢谢长官——！"刚才还在哭鼻子的胡宗南，这回激动得又哭了起来。后来成为国民党重要军事将领的胡宗南，其在黄埔军校"靠哭鼻子入学"的事一直在国民党军队里流传。

不过廖仲恺处事的这一景，让金佛庄对廖仲恺格外敬重起来。

"来来，我们言归正传。"重新回到办公室的廖仲恺对新报到的金佛庄说，"我们学校的委员长蒋介石先生也是你们浙江人，刚才那位考生也是浙江人，你也是浙江人。浙江人才俊多啊！请用十分钟时间说说你这三年中跨两个高等学校的传奇吧！"廖仲恺笑眯眯地盯着眼前这位年轻英俊的浙江军事才俊。

"算是党代表的考试吧？！"金佛庄整整军服，端坐后肃容道："后生佛庄自小出身贫寒，家父是一位农忙时务农、农闲时行医的乡村郎中，在东阳横店四乡一带稍有半分名气，但仍不能支撑有四男二女的小家。佛庄是长子，为了少给家里添负担，从小就由叔公代养着。六岁时入本乡老贡生金洪锦先生的私塾念书。金先生去世后，又跟随老秀才吕松贵先生课读。吕老先生见我好学，文章写得还算好，老人家十分喜欢我，亲自给我取了学名'金灿'和字号'辉卿'，意思是希望我日后前程远大，光辉灿烂……"

"哈哈……你这位先生有远见！有远见嘛！这不，年岁轻轻，已经是营长大人了嘛！"廖仲恺这时拿金佛庄玩笑起来。

"听说你后来是在东阳中学毕业的？"廖仲恺又问。

"是的。我们东阳中学在当年很有名。我的同班同学有个叫严济慈的，他特别聪明，我们一直在班上比赛，看考试谁是第一名。他很了不起，不像我偏政治和社会学，他专攻科学，是国立东南大学第一届理科毕业生，毕业证都是第一号的。现在他在法国留学当科学家呢！"

"你同班同学严济慈的大名我听说过……现在来说说你、你自己嘛!"廖仲恺慈祥地拉回这位浙江年轻军人的话头,颇有兴趣地想听其"个人传记","说说后来为什么去读保定陆军军官学校去了,中间又转到厦门大学了呢?"

金佛庄见大名鼎鼎的国民党元老、军校党代表如此平易近人,便打开了话匣子:"这要感谢袁大头袁世凯,他签订'二十一条'卖国条约一事传到我们东阳中学后,我就决定不再跟严济慈拼数学了,我决心舍去研究科学,转为从军报国去!就这样,1918年中学毕业后,我就考进了保定陆军军官学校,是学校的第八期学员……"

"嗯,那是我们中国真正意义上的第一所正规军事学校,可惜它的办校宗旨并不是为了我中华民族复兴,而是为反动的统治阶级服务的,所以我们的孙中山总理要办一所为自己革命事业服务的军校。这不,你们这些保定陆军军官学校毕业生就有许多才俊被招到我们这儿来了!说,往下说,说你自己的!"个头矮小的廖仲恺右手支着下颏,仰着头,双眼盯着风华正茂的金佛庄,满眼欣赏地说。

"后来、后来我去了保定,当了一名军官候补生……"金佛庄说,他上了一段时间的课后,发现北洋军阀队伍里很黑暗,于是也对从军报国的道路产生了怀疑。1919年爆发的"五四"运动,更使他的精神受到猛烈的冲击，思谋另找出路。1920年，直皖军阀开战，军校一度停办，他转而考进厦门大学，改为研究教育与文学，以求改造社会。在厦门大学读书，虽然得以自由接触、探索各种新的学说和思潮，但生活上却困难得多，不像在军校那样一切都享受公费，学费和生活费都要靠家庭负担。父母无力供给，只能靠亲邻好友共同帮衬，这样勉强维持了一年。囿于现实，保定陆军军官学校重新复课后，金佛庄于1921年10月3日离开厦门，乘海轮去天津，转道北京，重返保定陆军军官学校求学。

"听说你第二次返回保定陆军军官学校后，一改前非，埋头刻苦地学习与钻研哟？！"廖仲恺理了理小胡子，目光炯炯地盯着眼前这位英俊的浙江才俊，这样问。

金佛庄一愣，心想：不愧是党代表，对我以前的事了如指掌呵！于是便答道："是是，佛庄不才。以前只是井底之蛙，并不知中国之概全，只凭鼠目寸光，赌气离开了军校。这回重返学校，便开始珍惜时光，不能再虚度年华了！所以就不敢怠慢每一天……"

"听说你在保定那里边学边思考，而且还写下了洋洋万言的《佛庄日录》……不知可否让仲恺一学？"廖仲恺这话，让金佛庄顿时脸色绯红，不好意思起来。

"党代表羞煞吾也！羞煞吾也！那都是旧学堂时的低级谬念，不值一看！不值一看！"金佛庄忙不迭地从斜挎的书包中拿出一卷用小楷写的书文，毕恭毕敬地递给廖仲恺，"这是我来广州时，准备发在《新建设》杂志上的另一篇谬文，因为说的是军官的问题，所以想请党代表校正……"

"《军官的心理》……嗯，这个好！这个好！中山先生创办本军校，就是为了培养我党军事人才，而军事人才，其心理品质其实胜于军事素质。你的这篇鸿文，我一定花上三天工夫，好好学习，然后我俩另找时间一起交流交流……"廖仲恺接过书卷，有些迫不及待地起席而别。

金佛庄赶忙紧跟其后，并连声道："岂敢岂敢，还请党代表劳神指教，佛庄我在此洗耳恭听……"

"你等着！"廖仲恺一阵风似的走了，留下身后的金佛庄心潮澎湃。因为自当年弃笔从军后一直在寻找革命报国之路上徘徊而未见曙光，如今在广州黄埔军校、特别是党代表廖仲恺先生身上看到了革命的曙光，他怎能不激动？其实，作为中共党员身份的金佛庄也听说了，现在的这所由孙中山亲自创办的新型军校，不仅是孙中山先生与中共负责人李大钊一起商议创办的，而且中共派出了重要的建党人之一的张申府先生协助孙中山负责黄埔军校的筹建和招生工作。张申府在黄埔军校开学之后担任第一任政治部副主任，张申府本人还是周恩来的入党介绍人，而且周恩来后来出任黄埔军校政治部主任一职，也是由张申府向孙中山和蒋介石推荐的。金佛庄来黄埔军校报到时，已经深深感受到这所军校不仅具有国共两党合作的标杆意义，同时军校的教学方式完全按照苏联红军军事学校的方式在进行，革命的色彩和革命的朝气，处处皆是，这令金佛庄的内心格外兴奋和激动，他感觉自己终于找到了革命的归宿地。

想想过去几年寻找革命之路的曲折，金佛庄越加珍惜眼前的每一天、每一刻……而保定陆军军官学校后期的那些日子以及毕业后的峥嵘岁月里，他与共产党接触并成为其中一员的往事，更是历历在目——

那应该从金佛庄重返保定陆军军官学校算起，在这段时间里，他接触了学校中一些革命的进步师生，通过他们也开始看到了如北京出版的《晨报》，还有上海的《国民日报》《建设》及《民国日报》的副刊《觉悟》等进步报刊，这些报刊上已经有不少介绍辩证唯物主义和马克思主义理论的文章。这让金佛庄有了一种全新的探求革命的方向，于是他结合自己的人生观察，挥笔写下以"手段与目的"为主题的《佛庄日录》，记载了自己比较、寻求人生真谛的探索过程。

保定陆军军官学校，虽说是一所北洋政府主持的军校，但由于它在一定程度上对学员管理比较开放，所以进步的组织包括共产党组织和青年团组织也在进步的青年学员中开始发展对象。

1922年，具有共产主义信仰的金佛庄，被正式吸收为中国社会主义青年团团员。从此，这位青年军人有了自觉投身于中国早期共产主义运动的革命意识和精神。那时党组织和团组织在保定陆军军官学校是保密的，所以金佛庄从改造社会、救国救民的宗旨出发，和校内四十多名志同道合的同学组织了"壬戌社"（金佛庄他们应是1922年毕业的学校第8期学生，这年正好是农历壬戌年），他们希望通过这个组织，罗致各省革命军人同志，以谋中国之革命。

1922年7月，金佛庄从保定陆军军官学校第8期步兵科毕业，先在上海闸北淞沪护军使属下当见习排长。在上海的日子对金佛庄来说异常重要，因为这是中国共产党的诞生地。金佛庄来到上海之时，正值中国共产党刚刚成立才一年，而革命的形势则蓬勃兴起，相信马克思主义和社会主义的进步势力在上海特别有市场，进步的《新青年》《建设》等报刊几乎每期都能让人看到有关革命的理论文章。中共上海组织在青年中培养和发展工作也做得非常活跃。金佛庄作为受过正规训练的军事人才，自然也格外受到党团组织的重视。因为他是浙江人，在上海当了很短时间的见习排长一职后，旋即被分配到浙江陆军部队当见习军官，并在浙军第二师陈仪部下任排长。

"金佛庄同志，现在我宣布，经中共中央批准，从今天起，你正式成为中国共产党党员！现在我们一起向党旗宣誓……"

"牺牲个人，努力革命，阶级斗争……"

"……服从组织，严守秘密，永不叛党！"

在庄严的镰刀与锤子的红旗下，金佛庄满怀激情地紧握拳头，用心声向他心向的党宣誓，而也在同一时刻，他决意把自己的一生全部献给中国共产党。

"你现在是军队的营长，我们党要夺取革命胜利，武装斗争是必由之路，将来你的作用会比任何一般的中共党员更大，所以要学会在军队中保存实力，发展自己的同志……"金佛庄的入党介绍人，时任中共江浙区委书记的徐梅坤这样对他说。

其实，那个时候整个浙江省也只有3个党员，除了徐梅坤和新发展的金佛庄外，仅有一位，他们3人既是浙江省的中共党组织成员，也是中共杭州支部的党组织成员。这时的金佛庄，不仅在杭州警备团里任营长，而且还兼任新闻记者，是《嘉言报》主笔。

1923年夏，中国共产党第三次全国代表大会在广州召开。这是中国共产党与孙中山领导的国民党"蜜月"期的开始，广州作为当时的革命中心，金佛庄作为杭州支部的代表出席中共三大会议，第一次见到了陈独秀和毛泽东等他心目中崇拜的中共领袖级人物，内心更加坚定了共产主义信仰。也就在此次会议结束之后不久，毛泽东代表中共中央亲自向他传达了"保存实力"的重要指令，理由是：他是当时一百多个中共党员中，仅有的几个在军队中服役的军官，且金佛庄的资格堪称最老，他是保定陆军军官学校的毕业生，又是有实权的杭州警备一营营长。

在 1923 年时的中国共产党，如果有一个营的军队，意味着这是一支潜在的巨大的军事力量啊！所以中共对金佛庄怀有特别的厚望。后中共上海地方兼区执行委员会也专门派员密令金佛庄："相机开展反战宣传，如果所带的一营在上阵打仗时，应设法保存实力。"这是再一次重复毛泽东和中共中央给予金佛庄的"特别指令"。一句话：金佛庄是中共的"秘密武器"，保存实力第一位！

可见在建党初期的中共领袖心目中，金佛庄是个被暗藏的特殊人物。党寄予他千斤重任。

果不其然。1924 年初，当孙中山领导的国民党第一次全国代表大会在中共帮助下召开之后，孙中山听从李大钊和共产国际负责人的话，将党的纲领确定为"联俄、联共、扶助工农"的三大新政策，令中国革命阵营和整个革命形势为之一振。

金佛庄在开会中，深切感受到无产阶级革命的意义，他内心的热血早已被李大钊、毛泽东等革命领袖们所激荡和燃烧……此时的他，作为旧军校毕业生，在思考建设军队中的根本问题，即军队军官的素质。"言军队素质，军官的素质是根本。军官的素质，其实军事素质比起心理素质是次位的，军人特别是军官，他的心理素质好坏才是关键。一个军队的素质好不好，关键是军官的心理素质问题。"他提出了一个重要的理论观点，正是在这一观点下，他有了许多自己独到的见解，甚至被中共早期领导人，以及孙中山、蒋介石和廖仲恺等人所看重。

《军官的心理》可以认为是中国第一部关于新型军事观的军官心理理论著作，是金佛庄在学习马克思主义唯物辩证法之后，针对旧中国军队的问题进行阐述的一部重要著作。正是这部著作，使他在日后的军队工作、黄埔军校任职及战争战斗中显现了天才般的军事才能，受到孙中山、蒋介石等人的赞赏。当然中共党组织对金佛庄的军事才能更加看在眼里、喜在心头，因为当时的中共缺少来自一线并有打仗经验的军事人才。

金佛庄在《军官的心理》一文中指出："社会制度及经济组织，和人生有密切的关系，只有经济的背景有解释人类行为的可能。"他进而指出："同时人处于一个特别的环境，每起一种适应于此环境的心理。"

"'这种军官心理，细分之，是军队组织，军队生活，和时代潮流的反映……'说的极是也！"深夜，廖仲恺在灯下，一边读着金佛庄的文稿，一边赞叹不止。

"战场上的军官，每生一种特异的心理，但平时的军官也有显然与众不同的心理。此地所论是专限于平时的。真的，平时的军官天天在精神战争中哩！这种精神战争影响或支配于他们的行为很大。他们的性质日习于残忍、冷酷、祸乱和诈伪……"

"极是！"廖仲恺自言自语着。

"现在军队组织的第一毛病是各级军官的隔离，使他们遂各不相顾，甚或互相妨害，上下、同事，各怀恶意。为什么军队各级间会发生隔离呢？大半原因是军队的阶级制度。

"军队自兵至将共分十五级；即就军官论也分三等九级。各级职权不同，严分界限，受系统的指挥和政府的遵守，叫作服从和军纪。系统上的统御，在求上下一心，是精神的；秩序的排列，在求有条不紊，是形式的。合形式和精神而一之，叫作军队的团结。形式之划分，所以防平时上下之侵越而保养上位的威严；精神之融结，所以收协同一致的功效，达治兵之目的。前者消极的；后者积极的。以整齐的形式而济之以融合（不分上下）的精神，才名为精练的军队。这是现在的军队组织的真意。"

"是啊，孙先生领导我们革命和建立新型军队，就是要有这等'精练'之气的军队！"廖仲恺不停感慨。

"然而中国军官每每谬用阶级的地位和权力，因起了许多变态的心理。

"居在上边的军官仗着地位与权力，以为威严是他们的特权。他们一意装摆官僚的架子，威临部下。这种谬误的观念，占据了他们的充满了旧习惯的头脑，就发生压迫的心理。他们仿佛说：上官的讲话是'圣旨'；上官的举动是'师表'；上官的惩罚，是不容申诉的。他们凭他们的喜怒爱憎的感情和冲动，常常给部下一个'笑脸'，一个'丑态'，或一个冷酷的表示。他们只善吹毛求疵；他们总不愿听部下有'超出己右'的才能。他们不肯稍表一点同情心于部下；但他们暗示部下以'威风'。"

……

"阶级的军队里面无所谓是非和公理。一个昏愚的军官统率圣哲的孔子和苏格拉底，你孔子虽然有慧敏的天才和明决的判断，有何处可容你发挥？明明错误，但你须从错误走。

"压迫的心理，军法重威的迷信，渐渐为孤立的观念或觉识所惊破了。官愈加压迫，军队的形式愈整齐，部下的精神便愈形离散。上官装身份，弄威严，部下乃不敢和上官接近。上下的精神渐生隔膜。上下不知境况，精神的融合，意识的谅解，渐为不可能。平时上下相通的工具只有公文，或私下的调查——以耳代眼。这些是不可靠的，每每陷于谬误，惹起反感。精神愈压迫则愈增反抗，形式愈结合则愈形涣散，直属的长官终成为部下的敌对！

"上位的军官一旦觉识自己的地位孤立的时候——觉识自己无法和部下接近的时候，压迫的心理一变而为恐怖的心理。军队的阶级制度指挥上殊为便利，在这里就是无用的人也能居高位，运用绝对服从的军纪统率部下。其弊也士兵可以随时脱离他们的掌握。军官的地位愈高，权力愈大，利益愈多；军官的地位愈低，和士兵愈接近。士兵原是军队的重心。军队的重心移在初级军官，或中级军官，便能推翻上官的地位和权力，发生一个兵变，一个反叛或一个革命。隔离是反叛的第一步。上下隔离的军队，正像一座房子没有稳固的基础一般……"

"新型的革命军队，决不允许这种现象的出现和存在！"廖仲恺看到此处，不由呐喊起来。他在房间里走动起来，因为肩负黄埔军校建校重任的他，此时感到心头有千万斤重担：建一支好的军队，就得有一批好的军官，而黄埔军校就是要培养一批又一批有志向、心正直、素质好的国民革命军官……

后来，金佛庄将这些观点发表在校刊上。

"要用，要重用！这等人才不用，误革命大业啊！"掩卷那一刻，廖仲恺情不自禁地激动起来。第二天一早，他去了蒋介石的办公室，向他推荐开学之后需要确定的4个"学生队"队长名单。廖仲恺清楚：黄埔军校能不能办好，第一期最重要，而第一期办成啥样，师资队伍和带兵的学生队长是最关键的一着棋。孙中山对此曾向廖仲恺特别关照过，让他选好人才，不得有"次品"混入军校。

校长蒋介石对师资和带学员队的队长人选更是格外关注，他想的比孙中山更远更具体，是因为他内心有份私心在作祟：必须用自己信得过的人，尤其是不能用共产党的人。这是他蒋介石的"用人底线"。

黄埔军校第一期录取了645名学员，蒋介石的意思是每150多人组成一支学员队，共4个队，每个队有1名队长。"队长的职责有的时候比教员和我这个校长还要重要。"蒋介石曾在与廖仲恺商量学员队配制队长时这么说过。于是谁当学员队队长这事，廖仲恺十分在意，也特别重视。金佛庄的出现令他欣喜，当然其他几位人选他也在紧锣密鼓地挑选中。

"党代表啊，今天你的气色这么好，肯定是有喜讯告诉我中正了？"这一天，蒋介石刚刚在办公室的椅子上坐定，就见廖仲恺满面春风地走了进来，便问。

廖仲恺自己搬过一把木凳子，坐下后便说："4个学员队队长人选差不多可以定了……今天来跟你推荐的是一位你的浙江老乡，顶优人才！"

蒋介石一听便面有喜色地问道："浙江人？谁呀？"

"金佛庄，保定陆军军官学校毕业的，后在杭州警备团任营长，很有点墨水，我刚看过他写的《军官的心理》一文，其论点是对中国旧军队的批驳，同时也有针对性地指出了革命军队如何培养军官的方向性问题……"

"好啊，这样的人才必须重视。"蒋介石听后很高兴，说，"仲恺兄是党代表，挑人看面又看心，比我中正有经验。对了，什么时候让那个金……"

"金佛庄。"

"对对，叫金佛庄到我这儿来一趟。"蒋介石说。

"我马上安排。"廖仲恺起身。

蒋介石随即站起，并束了束腰间的武装带，将右手伸给廖仲恺，表情显得十分恳切地说："筹备军校，千头万绪，党代表辛苦了！这一校之思想工作，全仰仗仲恺兄长了！"

廖仲恺双手作揖道："为中山先生分忧、为革命尽力，是你我职责，当全力以赴！"

蒋介石在听廖仲恺介绍"金佛庄"此人后，心头便记下了这位优秀的浙江籍老乡的名字，而且暗中派人对金佛庄做了一番细察，特别是细细翻阅了金佛庄所著的《军官的心理》后，蒋介石兴奋地拍案称道："像金佛庄这样既有军事素质，又是管理军官理论的专家，我等革命队伍中屈指可数啊！人才，顶好的人才！"

并非蒋介石"火眼金睛"，诸读者可以设想一下：金佛庄作为近一百年前的一个旧式中国军校毕业出来的一名职业军人，在他那个落后的、新一代中国军队尚处萌芽阶段的岁月里，他能写出《军官的心理》这般如此专业和精到的军事理论文章，加之又是"浙江老乡",刚当上黄埔军校校长的蒋介石,能不兴奋和暗喜嘛!

为了打造国民党第一军事高等学府,在黄埔军校筹备之日起,孙中山亲力亲为,并派出蒋介石、廖仲恺两位左膀右臂主持日常工作。身为校长的蒋介石自然更有自己深层的考虑,因此他在被任命为校长后,每天起床很早,从他居住地骑马到校门内的马蹄声,就是学员、教员和所有工作人员的"起床号",随后出操、吃早饭。蒋介石以此来训服所有黄埔军校的同事和下属。这与后来他所有国民党下属称呼他"校长"密切相关。一声"校长"之后,其意就是"我是你蒋某人的兵"!在党内,蒋介石用的是"总裁"形象来维系着这种"君臣"关系。

如上所言,蒋介石用人十分注重"老乡关系",凡是浙江籍的,他总是以"亲眷"般的私情来拉拢。这不,金佛庄这样的人才,又是嫡系的浙江老乡,他老蒋怎会轻易放过!

开学前的一日,蒋介石找到金佛庄,让他到了自己的临时办公室进行"训话"。

蒋介石说:"你是保定陆军军官学校毕业生,你以为中国的旧军队有什么可以让我们黄埔军校借鉴的?"

金佛庄不曾想到蒋校长会提这等问题,于是虽心中存疑,但仍然流畅回答道:"自然有一些。比如北洋军队的军装是有一定规定的，是按季节变换服装的。虽然我们黄埔军校是在南方，一套短裤短衫，但如果有条件，还是需要按季节发放不同军装，以整军威……"

蒋介石听后若有所思地点点头。

金佛庄说："还有，北洋军队驻地将官出入营门，卫兵司令就不能离开卫兵室，将官一出入营门，就要集合列队，对将官行举枪敬礼，随时接送。同时，号兵按将级衔只奏从军乐：少将吹一番号，中将吹两番号，上将吹三番号，有时可加一番……在下看来，这些都是十分需要的。"

蒋介石说："好，你的这些意见非常好，对我们新型的革命军校有很大参考价值。佛庄是我们浙江东阳人，东阳出才子！但现在我们革命军队既需要理论家，更需要能打仗、打硬仗的军事人才，希望佛庄为大家榜样！"

金佛庄说："在下一定听从校长的教诲，当一名真正的军人！"

蒋介石大喜，站起身，拍拍金佛庄肩膀，说："以后有什么事，尽可直接找我。"

金佛庄说："是。"

在一个告别的军礼之后，金佛庄走出蒋介石的办公室，突然听到身后蒋介石在发问："你是共产党吗？"

金佛庄一听，顿时后背发凉，但马上镇静下来，转身后一个标准的立正姿势，冷静地报告道："报告校长，现在我已经是中国国民党党员！"

这话找不出任何毛病，因为当时国共合作期间，孙中山亲自同陈独秀和李大钊谈定：中共党员可以以个人名义加入国民党。与此同时，黄埔军校有一项特别规定：凡是入学的学员和在军校工作的教职员工，一律要加入国民党。金佛庄就在这种情况下，经中共组织同意，加入了国民党。蒋介石对金佛庄的回答找不出茬，于是马上露出了笑容，说："这就好！这就好！"

但是金佛庄出门后，感觉后面似乎一直有一双眼睛在看着自己……他心头暗暗增添了一份警惕：虽然当时国共合作已在"蜜月"期，在孙中山坚持下，中国共产党人以个人名义加入国民党的已经很多了，而且有的还担任了一些重要职务。包括在黄埔军校里，金佛庄看到了几位他所知的中共重要人物，这是他在参加党的三大会场上认识的。但黄埔军校毕竟是国民党尤其是蒋介石当校长的地方，而且党内同志告知他两条"基本原则"：尽可能地把自己的身份隐蔽起来，尽可能地以国民党军人的身份发挥作用。也就是说，在场面上、工作中，做好在黄埔军校的本职角色，争取校方特别是蒋介石的信任，储蓄革命力量，伺机为中共事业贡献力量。

由于廖仲恺的特别看重，蒋介石对金佛庄也抱有不一般的好感，金佛庄不仅很快被任命为黄埔军校第一期学生队（第 3 队）队长，而且还被任命为首届军校特别区党部（国民党）5 名执行委员之一，可见蒋介石对他既怀信任，又想拉拢的意图也很明显。当时蒋介石在校一级层面有"八大金刚"，他们分别是：何应钦、顾祝同、钱大钧、蒋鼎文、陈诚、陈继承、刘峙和张治中。这些人在黄埔军校时都是蒋介石的左膀右臂，后来也都成了国民党军队和政府内的大人物。在当时的黄埔军校内，还有一种私下里的说法，那就是蒋介石在一线教员和学生中，还有"十大金刚"，金佛庄就是这其中之一，并且是一位非常靠前的"金刚"。

1924 年 6 月 16 日，这一天是黄埔军校的成立之日。国民党总理孙中山大元帅亲自出席，而且这一天他与夫人宋庆龄，是早上 6 点钟就从大元帅府大本营出发的，可见孙中山先生对黄埔军校成立的重视。

"赶快集合官兵到码头欢迎总理！"那天，蒋介石一上来就有些措手不及。

7 点 40 分，孙中山乘坐的"江固"号军舰，驶入黄埔岛码头时，岸头的军校官兵齐声欢呼，锣鼓喧天。

一身白色中山装的孙中山先生携夫人走到蒋介石面前，摆摆手，道："想到了我们也要建一支革命军队，所以睡不着觉……"意思是，起这么早你们没有准备好欢迎队伍，情有可原，不必拘礼了。

蒋介石是个在孙中山面前很会奉承的人，哪敢怠慢，忙说："是学生疏于严教。"其实，这一天对国民党要员们来说，都是大事，连平时开会很少准时的汪精卫、胡汉民、林森等，这一天也从居所早早地来到了黄埔军校。因为大家清楚，黄埔军校不仅是国民党要建一所现代化新型军队之大事，而且孙中山亲自选定6月16日这一天作为军校成立之日，意味深长。两年前的这一天，孙中山革命队伍中发生了一场差点要了孙中山命的"永丰舰事件"，一向标榜是"孙中山的学生"和"最可靠卫士"的陈炯明趁孙中山不备之际，发动了"永丰舰"反革命叛变事件，陈炯明调转枪口，将枪炮瞄准了孙中山和大元帅府。虽然最终以叛军陈炯明失败告终，但此事给孙中山造成的心理阴影非同一般，至于心头之痛更不必说，因为就在挫败陈炯明的这次政变中，孙中山也失去了他和宋庆龄的唯一的一个未出世的爱子——宋庆龄此次流产后与孙中山再无后嗣，并成了一生遗憾。

孙中山进黄埔军校后，在校长办公室接见全体教员和学生队长。这是金佛庄第一次近距离与他所特别敬仰的孙中山交谈与握手。在介绍到金佛庄时，蒋介石和廖仲恺都插话向孙中山报告。

廖仲恺说："这位3队队长是位有心研究军官心理的专家。"

蒋介石说："我希望他也能下功夫在打仗上！"

孙中山听后，连声道："好，好！能文能武者方为我们革命军人也！"

这一次与孙中山的接触，对金佛庄非常重要，尤其是孙中山的这句"能文能武方为我们革命军人"的话，对金佛庄影响很大。而黄埔军校的开学典礼，尤其是孙中山那天所作的长达一个多小时的演说，令金佛庄和全体在场的人热血沸腾。金佛庄虽为中共党员，但他对孙中山的革命精神和革命意志十分佩服。那个时候，会场连一台录音机都没有，但金佛庄却把孙中山的许多话一直记在心头——

建立黄埔军校，"就是创造革命军，来挽救中国的危亡。""中国革命过去十三年，一直到今天，只得到一个空名，所以中国十三年的革命完全是失败，就是到了今天也还是失败。"孙中山的话振聋发聩。"这个原因，简单地说，就是由于我们革命，只有革命党的奋斗，没有革命军的奋斗；因为没有革命军的奋斗，所以一般官僚军阀便把持民国，我们的革命便不能完全成功。"

"我们今天要开这个学校，是有什么希望呢？就是要从今天起，把革命的事业重新来创造，要用这个学校内的学生做根本，成立革命军。"

"诸位学生就是将来革命军的骨干！有了这种好骨干，成了革命军，我们的革命事业便可以成功！"

"如果没有革命军，中国的革命永远还是要失败。今天建立黄埔军校，就是为成立革命军打基础！"

孙中山越说越激动，不停地挥动着右胳膊："你们，所有在场的师生们，从今天起立一个志愿，一生一世都不存升官发财的心理，只知救国救民的事业——！"

"革命和革命军的精神，就是不怕死的精神，有了这种精神，一百个人能打一万个人。有一支一万人的革命军，就可以打败军阀！"

我们就是要用你们这支队伍做基础，"造成我理想的革命军，以完成拯救中国之大业——！"

"孙总理万岁！"

"革命万岁！"

"革命军万岁——"

孙中山的演讲虽然有些冗长，但丝毫没有影响整个开学典礼的隆重气氛和他那激情洋溢的革命鼓动。金佛庄后来曾对党内同志讲过：入黄埔军校，让他看到了革命浪潮的蓬勃兴起和势不可挡的潮流。

当天下午阅兵式，孙中山检阅了4支学生队，金佛庄再次进入孙中山和蒋介石的视线，当然最高兴的一位还是廖仲恺，因为他骨子里喜欢这个英俊而又才华横溢同时又有书卷气的金佛庄，更主要的是在同金佛庄接触过程中，他始终觉得他是个意志坚强、信仰坚定的革命者。"我们的队伍和学校就需要你这样的人，为人师表皆是榜样。"廖仲恺这样欣赏金佛庄。

开学第二天，金佛庄被正式任命为学员队上尉队长。军校的军纪虽严，但来自四面八方的学员，并不是都那么听话，调皮捣蛋的仍不乏其人。就在开学典礼上，当国民党重要人物胡汉民用广东话宣读"总理训辞"时，一句"三民主义，吾党所宗"，被台下陕西籍的杜聿明听成了"三味煮鸡，萝卜大葱"。这句笑话，后来在黄埔军校里流传很久。每每开饭时，学员们相互调笑："今天吃什么？""三味煮鸡，萝卜大葱！"于是一阵哄堂大笑，大伙算是来了个精神会餐。

开学之后，训练和管理学员队其实是黄埔军校最难的几件事之一，学员由于参差不齐，性格各异，加上队伍中既有共产党人，又是国民党员，左的右的、调皮的、正经的，什么样的学员都有。一首《国民革命歌》的歌词原来是这样：

打倒列强，打倒列强！

除军阀，除军阀！

国民革命成功，国民革命成功！

齐欢唱，齐欢唱！

学员们竟然把它唱成：

肚子饿了，肚子饿了！

要吃饭，要吃饭！

随便弄点小菜，随便弄点小菜！

鸡蛋汤，鸡蛋汤！

这样的事虽有点搞笑作恶，但也非原则问题。廖仲恺听后虽看上去一脸生气，但扭头一瞬间，发现"胡子"也"哧哧"地笑，因为他跟着学员腔调哼了几句，情不自禁地偷笑了起来。

"本军校最大的特点，也是我们有别于旧军校的根本点，在于军事与政治并重，这点至关重要。"金佛庄在与廖仲恺交流交心时说出了自己的想法。

"讲得好！军事与政治并重，乃我军校之根本也！"廖仲恺对金佛庄的每一个主张都十分欣赏与赞同。其实廖仲恺并不知道金佛庄的这些办学新理念，是他按照中共党组织交给他的任务在执行——中共党组织要求金佛庄利用学员队队长之职，不断吸收苏联红军军事学校的办校经验，并通过推进"政治与军事并重"的理念，在学员中不断传播马克思主义的革命理想和信仰，同时让学员们弄清"革命"为了什么、"革命军应该是什么样的"、"怎样才能成为真正的革命军人"等问题，对此进行深入地学习与理解。

其实，在黄埔军校建校初期，学校内部的左派和右派的暗中较劲十分激烈，根据党组织的指示，金佛庄利用自己学员队队长一职，积极支持和参加了以共产党员、青年团员为骨干的军校内的"中国青年军人联合会"，与国民党右派及其所操纵的"孙文主义学会"进行针锋相对的斗争。

黄埔军校开学的第一年年底，一位格外英俊的中共重要人物，从国外回来，到黄埔军校出任政治部主任，这就是后来我们中华人民共和国的总理周恩来。

在周恩来之前任军校政治部主任的是戴季陶先生。戴季陶在国民党内是老资格的领袖级人物，在中共也很有人缘，因为他曾一度疯狂地信仰马克思主义，是中国最早介绍和宣传马克思主义的重要人物之一。后来"入右"进入国民党阵营后，他自感不得志，尤其是到了广东的孙中山政府后，极不满意自己的职务，所以黄埔军校政治部主任一职，他也不当回事，故周恩来到来之前的黄埔军校政治工作基本上是"死气沉沉"。

周恩来的到来，一改旧的工作方式，全校政治气氛和学术气氛大为改观，师生活跃，正气顿增。

本来就倾向"政治带军事，军事重政治"的金佛庄，开始如鱼得水：在军事教育方面，他训练有素的带兵经验及教学方式，使他的学员项项考核在 4 队名列前茅；政治教学方面，他更是纵横驰骋，理通论明，学员们都喜欢他的课，且愿意跟着训练上课及进行军事实践活动。因为同是中共党内同志，金佛庄与周恩来和时任军校政治教员的恽代英、张秋人关系密切，并且在日常工作中相互照应、亲密无间。由于金佛庄的保定陆军军官学校毕业生身份和"浙江老乡"的关系，蒋介石一直在明里暗里拉拢他。而中共党组织根据这一特殊情况，也一直指令金佛庄在学校的公开活动和日常生活中，尽量淡化"中共党员"身份，多以激进的"国民党员"身份出现在公众面前，尤其是要取得蒋介石的信任，潜入其权力核心中央，争取日后为我党所重用。

这是中共建党之初的一大伏笔：为日后武装斗争储备一位重要的军事人才和深入敌对势力心脏的"尖刀"——金佛庄在黄埔军校和日后在蒋介石身边的意义非同寻常！

他，中共党员、国民党军事队伍中的军事才俊金佛庄，正按照组织的指令，一步一步地朝向蒋介石军事集团的核心迈进……

事实上，在黄埔军校建校初期的第一期开学之时，全校各级官佐、教官和职员，连校长蒋介石、党代表廖仲恺一起算上，也才五十来人，像金佛庄这样有保定陆军军官学校毕业背景、又在军队带过兵的人并不是太多，所以作为学校的中层官佐，金佛庄属于比较引人注目的一员，加上他的"浙江老乡"身份和有相当理论功底的原因，他受到蒋介石和廖仲恺两位主官的特别宠爱，也因此一遇重要事变，金佛庄的地位和身份便会显现出来。

军人的机会就是打仗。金佛庄作为军人的才干，随着1924年7月下旬广东商团掀起的一场企图推翻孙中山革命政府的阴谋渐渐登上舞台，开始在"能打仗"的征程上，被蒋介石所看中和看重了——

某种意义上讲，还得"感谢"广东商团的阴谋：1912年成立的广东商团，经过十年发展，在广东势力很大，关键是他们有一支武装力量，而且人数众多，到1924年时，已经有四千余人。更由于商团的头目与香港的港英当局勾结，日渐发展成欺压民众和与孙中山革命政府对立的地方恶势力。这年夏天，也就是黄埔军校成立不久，广东商团便已经在密谋推翻孙中山领导的在广州的革命政府。商团此时通过港英当局的暗中支持，已经在为夺取和推翻孙中山的革命政府做战争准备，大批的枪支弹药被源源不断地运往广州等地，准备随时出手推翻孙中山革命政权。

孙中山再次面临革命危急时刻，想到了动用黄埔军校的"学生军"。然而，这些刚入校的"学生军"到底能不能打仗、能不能打赢，孙中山心里没底，其他国民党要员心里更没底。而这个时候，具有政治野心的蒋介石看到了千载难逢的"机遇"：他要亲自挂帅出征，并向孙中山保证平息暴乱，铲除商团。然而当时学校开学才两个来月，有兵力吗？没有。因为4支学员队中一支队伍被派去保卫孙中山的安全，真要打仗的话，黄埔军校本部还得有一支队伍留守，因此蒋介石所能调动的就只有两支学员队的人数，也就二百多人。

"兵不在于多少，而在于勇；仗并不在于怎么打，而在于智谋。"蒋介石本人是在日本军校毕业的，非常重视在敌我双方力量悬殊时，我方的智谋与勇敢的发挥。然而面对10倍兵力于自己的商团及地方军阀，他有些拿不准。初步决战方案这样确定：学员1队负责保护孙中山，2队留守学校本部，只有3、4两支队伍跨出校门去作战。

3队队长便是金佛庄。蒋介石自然要听听这位浙江老乡的意见。

"我们人少兵薄，但我们整齐划一，战斗作风和战斗形象胜于敌方民团及军阀军队，只要我们出师撼敌，并民利秋毫不犯，就会获胜……"金佛庄如此这般地向蒋介石谈了自己有关消灭商团武装的战略与战术。

"娘希匹，我看行！"蒋介石听后，频频点头。随后他跃身跳上马背，挥动指挥刀，在军校内疾步飞奔了一圈，而后高声命令道："为了保卫革命政权！保卫孙总理！3队、4队的官兵们，跟我冲锋杀敌去啦——"

"跟着校长冲锋杀敌去啊——！"蒋介石的身后，是金佛庄率领的学生队众官兵，他们一个个英姿威武，面对战斗激情昂扬，大有所向披靡之势。

出战的第一役，是他们首先斩获了商团私运枪支的丹麦商船"哈佛"号，从船上收获了 9000 支步枪和 300 万发弹药。这不仅彻底武装了黄埔军校"学生军"的军备，而且沉重打击了商团的武装后备力量。

之后，金佛庄带领的队伍进入广州市区后，处处以威严之师出现在街头，同时又对群众和市场秋毫不犯。于是在日后的打击商团战斗中，市民们纷纷倒向孙中山革命政权这一边，使得反动商团无立足之地，直至最后被"学生军"打得落花流水。

原本已经认定广州沦陷的孙中山，在此役中对蒋介石的军事指挥与军事判断能力大为赞赏。而名震广州的"学生军"的战斗力，也让蒋介石对金佛庄异常满意和欣赏了。

然而，尽管"学生军"平息了商团的阴谋，孙中山的革命政府和革命政权仍然并不稳定，尤其是叛将陈炯明不仅贼心不死，反而勾结军阀和各种反对革命政权的反动势力，汇聚了人数达七八万之多的兵力，企图趁孙中山"北上"商定国是的机会，自封"救国军总司令"，准备向广州进军。

一时间，广东特别是革命中心的广州，大有山雨欲来风满楼的紧张气氛。在孙中山的号召下，国民革命第一次"东征"也由此形成，"学生军"的黄埔军校师生们再次出征。蒋介石、廖仲恺和周恩来是此次"东征"的总指挥。金佛庄出任军校教导团第2团第3营营长，带领部队冲锋在东征最前线。金佛庄本人更是身先士卒，杀敌在前。

淡水城一役最为惨烈。这个小镇在深圳东北不远处，当时的小镇四周筑有高6米多、厚3米的石头城墙，城墙外是一片300多米宽的洼地，守敌顽固，一时难以攻破。

蒋介石亲自来到小镇前线督战。可是面对如此坚固的守敌，无奈东征部队受挫。

"怎么办？怎么办？你们给想个办法呀！"蒋介石急得团团转。周恩来与苏联顾问加伦在商量……

"只有一个办法：组织敢死队！"队伍里传来一个不高不低的声音。

"谁？谁说的组织敢死队？"蒋介石急红了眼，忙寻找谁出的这主意。

"校长，是我，金佛庄……"金佛庄从队伍中走到蒋介石和周恩来等指挥官跟前。

"你认为要组织多少人才够？"蒋介石问。

"100人左右……"金佛庄说。

蒋介石用目光向周恩来、苏联专家等指挥官征求意见。他得到的回音是一致的：行！也只有这法子了！

"何应钦，你负责组织百人敢死队，给我拿下淡水城！"蒋介石军刀一挥，一道寒光在教导团团长何应钦面前闪动着。

"是！"何应钦向校长蒋介石敬了一个军礼后，转身跑到教导团面前喊道："革命的兄弟们——现在考验大家的时刻到啦！我们马上要组建一支奋勇队！100 人的奋勇队——去端掉前面的这垛阻挡我们前进的淡水城！谁报名？报名的站到这边……对了，金佛庄，你报名了没有？"何应钦见金佛庄站在他身边，就问他。

金佛庄一个立正："报告团长，我第一个报名！"

"好！还有谁?"

"我！"

"有我！"

"还有我……"

生死关头，黄埔军校的师生，在金佛庄的带头下，争先恐后地报名参加"敢死队"，这场面让蒋介石、何应钦等感动不已。政治部主任周恩来自然更不用说，他清楚，这报名的队伍中，有他最亲爱的同志。

最后，何应钦一点报名人数，共 105 人报名参加了奋勇队——这名称是"小诸葛"何应钦临时改的，原本"敢死队"这名字有点太冲，所以他临战改的口，生怕一说到"死"就把人吓了回去。

奋勇队列队出发之际，面对这群去赴汤蹈火的学生娃，深为动情的周恩来走到队伍面前，激动地说："同志们，你们就要去向淡水城里的敌人冲锋了，你们都有不怕死和踏平敌城的精神，这是我们革命军所有的，是其他一切军阀部队所不可比的，因为你们明白是为了谁去攻城，为了谁去牺牲……"

"请长官放心！我们一定拿下淡水城！"

"我们一定拿下淡水城！"

站在队伍最前面的金佛庄振臂高呼起来。他这一呼，105位勇士便齐声高呼起来。

奋勇队果真不负众望。他们在一阵炮火的掩护下，以排山倒海之势，冲到城墙根下。但是城内的敌人也不含糊，机枪的子弹在金佛庄他们的头顶上呼啸而过……

"营长——这墙太高了，上不去呀！"贴在墙根边的勇士们一时无法前进，而且时间一长，更容易暴露在敌人的枪炮面前。这是十分危急的战局，105名勇士随时可能被敌人"一扫而光"。

"怎么办？营长快想办法呀……"勇士们连连急呼。

这可怎么办呢？金佛庄突然想到了在保定陆军军官学校苏联专家指导过的"叠罗汉战术"，也就是说由几个人肩搭肩地竖起一个人梯，从而突破敌人的高墙封锁线……想到这儿，金佛庄一声大喊："来——从我肩上往上冲——"

他这么一蹭身子，随手又揪过一个学生兵往他肩膀上一推，于是身边的人就知道"叠罗汉"了！

"快快！学金教员的样子——往上冲啊！"

于是，整个奋勇队迅速搭起几组人梯向墙上冲锋……

"掩护！机枪掩护啊！"这一幕被远远站着的蒋介石等清楚地看在眼里，他挥舞着军刀，命令何应钦等后援部队。于是，一边是金佛庄他们奋勇队的奋勇冲锋，一边是何应钦后援部队的枪炮齐鸣，终于在一个多小时之后，敌人的高墙封锁线被革命军冲破。随后，蒋介石、周恩来带领的革命军大部队向城内敌人发起总攻，并同顽敌进行了长达半天左右的激烈巷战，最终获得了全胜。

淡水城之战，让黄埔"学生军"再度名声大振，因为打赢这场战斗确实不易，敌我兵力的悬殊是 10∶1，教导团缺失惨重，9个连长中有 6 位阵亡，3 位负伤。在此次战斗前线指挥的长官中，表现最突出的应该数何应钦，营职长官中当算能战能谋又一直冲锋在前的金佛庄。同样是教导团的一位团长王柏龄，则成为战斗中可耻的逃兵，最后被撤职查办。

通过东征之战，金佛庄的英勇善战给蒋介石等留下深刻印象，蒋介石亲自为其"学生军"营授予"英雄善战旗"。而作为党内领导者，周恩来则暗暗地赞赏，因为这正是他所期待的——以实际行动，让自己的同志更为蒋介石集团接受。这是革命的需要，是关系革命未来和前途之最重要的所需!

果然，第一次东征之后，由于孙中山在北上过程中不幸病逝，广州反革命势力再度向新生的革命政权反扑，而且其当时的势力远在革命军之上。面对急剧变化的时局，在中国共产党的帮助下，国民党再次组织了以黄埔军校为主力的第二次东征战斗。国民革命军同时宣布成立，蒋介石出任东征革命军总指挥，周恩来为总政治部主任兼第 1 军党代表。金佛庄则被任命为国民革命军第 1 军第 1 师第 2 团党代表，不久又被改任为第 2 团团长。

在平息滇、桂军阀杨希闵、刘震寰的叛乱战役中，金佛庄带领"学生军"在广州街头成为名噪一时的革命"宣传队"。这个时候，曾经在第一次东征时被讨伐过的陈炯明死灰复燃，再度危及革命政权，于是革命军又向陈炯明部进行了二次讨伐的东征。

二次东征战斗异常惨烈。

身为革命军总指挥的蒋介石最心腹的部队自然是他的黄埔军校师生，所以他把此次东征作为自己政治生涯的重要一役，一则消灭革命政权的敌人，二是在孙中山之后国民党内部势力斗争越加严重和分裂的情况下，想树立自己的绝对权威，战争的砝码开始向蒋介石个人的天平上倾斜了……

但中国共产党是支持东征的，因为那些向孙中山领导的革命进行反扑的敌人必须彻底地消灭，否则革命会再度陷入低谷。

周恩来作为黄埔军校中的中共最高职位者，他肩负双重责任：既要把黄埔军校的师生"学生军"带好，同时又要动员和发挥好中共党员在东征战斗中的作用。

金佛庄便是周恩来"双重责任"的直接践行者。

"军人最后的目的，是在于死。古语所谓'好汉死在阵头上'，孔子所谓'杀身成仁'是也！"在出征前、出征途上，金佛庄手捧《重征东江训诫》，向所属的2团官兵们喊话道，"革命军的官兵，就是要不怕死、不怕穷、不怕冻、不怕痛、不怕热、不怕饥、不怕疲、不怕远、不怕重、不怕险！"这"十不怕"，后来被蒋介石搬过去，成为东征队伍的"十不怕"战斗口号。

1925年秋天里的东征战斗，先从广州出发，再向广东的博罗、惠州进军，一路战斗激烈，敌我呈犬牙交错之势。身为总指挥的蒋介石也多次陷入重围，周恩来等高级指挥官皆随时处在危险境地。为了保护长官，金佛庄建议加强总指挥部的警卫力量，同时建议要从学员队中挑选一英勇机智的人担任总指挥部的贴身护卫。一期学员陈赓就是在这种情况下被调任到蒋介石身边当护卫官的。

黄埔军校的"学生军"中，金佛庄引以为自豪的还有许多人，其中一位叫陈明仁的学员，在此次东征惠州战斗中，表现特别勇敢。他在奋勇队里第一个冲锋在前，成为翻越城墙的第一人，并在后来受到表彰。

金佛庄是欣慰的,因为这些都是他领导的学员队的队员;这一刻,对金佛庄而言也是意味深长的,因为他看到敬爱的周恩来同志在向他轻轻地招手致意……

"佛庄,现在我要你到我的身边来工作了!"蒋介石对金佛庄的考验已经有一段时间了,虽然他知道这位浙江老乡对共产主义信仰有些"执迷不悟",但绝对是个难得的军事人才。第二次东征结束后,在黄埔军校担任了一段时间的教员,为校长编写教材之后,金佛庄被蒋介石调到了国民革命军总司令部参谋处任副处长兼第3科科长,这是蒋介石的核心部门。蒋介石显然已经十分赏识金佛庄的杰出才华,并企图利用浙江老乡这层关系极力拉拢金佛庄,暗示要他脱离共产党,并予以更大的重用。

金佛庄迅速把蒋介石的这份心思报告给了党组织,得到的指令是:继续取得蒋的信任,潜伏于他身边。金佛庄对自己的使命更加清楚了。表面上他要表现出对蒋介石的更加忠诚,同时还要努力工作。

蒋介石显然越来越满意这位老乡了,不久又任命金佛庄为他的总司令部警卫团团长,是少将军衔。

这个职务太重要了!也就等于他是蒋介石的"御林军"长官。而这时蒋介石任总指挥的"北伐革命"开始,这既是国民党与共产党分道扬镳的一次军事行动,同时也是蒋介石坐稳其国民党

"大佬"交椅的大行动。这样的历史关键时刻，挑选自己的警卫团长的重要性，远比挑选北伐先遣部队的团长重要得多。我们知道，当时在北伐先遣部队中有一位团长后来赫赫有名，他就是叶挺。

叶挺后来成为了南昌起义的重要指挥员之一，在我军军内地位很高。而金佛庄作为潜伏在敌人心脏的中共党员，在1926年时，已经在国民党内部任总司令部警卫团少将团长。

北伐革命时的政治风云激荡起伏，对当时的每一个革命者都是严峻的考验。蒋介石的政治野心日益暴露，而中国共产党人面临的政治选择也变得异常错综复杂。金佛庄作为深藏在国民党核心机构、每天生活和战斗在蒋介石身边的一员，他的一言一行都在别人的眼皮底下。而当时的革命对象，主要是北洋反动军阀政府。

　　　　打倒列强，打倒列强！
　　　　除军阀，除军阀！
　　　　努力国民革命，
　　　　努力国民革命！
　　　　齐奋斗，齐奋斗……

作为北伐军总司令部的警卫团团长，金佛庄时时刻刻坚守在蒋介石等一批北伐要员的身边，负责着总部指挥机关行动，任务十分艰巨，因为当时反动军阀势力和北伐所到之地的地方武装顽抗抵制北伐革命军。那个时候，除了蒋介石等一批司令部人马外，还有苏联军事顾问团的一大帮人，他们的安全皆由金佛庄的警卫团负责。他们的行动时而保密，时而暴露在大众面前，所以需要金佛庄随机应变，迅速做出调整。然而金佛庄将工作安排得井井有条，令蒋介石十分放心。

1926年秋，北伐军进攻南昌不利，一时得而复失，十分被动。金佛庄的警卫团也被奉命调去增援，他率领全体官兵，以猛虎下山、锐不可当之势，直扑敌军，一举攻克了南昌外围蛟桥，压迫敌之侧背，会同各友邻部队，齐向南昌城进发。11月8日，北伐革命军再次胜利攻克南昌。金佛庄的警卫团又一次立下卓越功勋。

然而革命形势仍然非常艰难。军阀代表人物孙传芳部仍盘踞在苏、浙、皖诸省，负隅顽抗，令北伐军难以继续北上。

"已经快要入冬了，我们这些军队都是从广东过来的，穿着单薄，如果遇见寒流，必陷入战斗力自毁一半的危险境地，所以必须早早攻克孙传芳部！"北伐军总司令部再次召开首脑会议，金佛庄列席参加。

"我发言！"金佛庄举手请示。

"佛庄你说说，有啥见解！"蒋介石很高兴地点名让金佛庄说。

"外打强攻是一种战斗，内联暗攻同样也是一种战术。"金佛庄从争取北伐战争早日胜利的大局着想，在会上主动提出，愿意回到浙江、上海等地，通过自己以前在浙军中服务时的旧交关系，秘密策动浙军部队迅速起义。

"佛庄兄这个建议好！我们都是保定陆军军官学校出来的，在江浙一带北洋部队中都有一些老同学的关系，如果利用这层关系，策反孙部，那该有多好嘛！"与会的总司令部参谋长白崇禧，以及金佛庄在保定陆军军官学校的一些老同学，纷纷赞赏并热烈支持金佛庄的这个建议。

蒋介石与苏联军事顾问团专家一商量，觉得金佛庄这主意很好，值得去做一做。

"佛庄啊，这是一次危险之旅啊，你可要小心谨慎，万无一失地给我回来……"蒋介石专门把金佛庄叫到自己的办公室，一五一十地做了周密的交代。末后又说："你是我信任的人，又是我的警卫团团长。此次任务也十分艰巨，如果能够见到孙传芳的高层官员，可以代表我向他们做做工作，希望他们投奔到我们革命队伍之中来。如果到南京还能见得着孙传芳本人的话，更是可以直接代表我本人跟他陈述我们革命军的立场……"

"是，校长！我一定按您的指令去执行！"金佛庄向蒋介石道别。

"早走早回啊!"蒋介石看着远去的金佛庄,又特意叮嘱了一句。此时的蒋介石内心是矛盾的,他既不愿让自己的"亲信"去冒险,可另一方面又觉得金佛庄是这一工作的最合适人选。

其实,此次金佛庄主动提出到孙传芳部做策反工作,也是中共组织指派给他的一项重要任务,因为江浙一带的旧军队中,有不少是他金佛庄在保定陆军军官学校时的老同学。"让他们脱离反动军阀政权,有利于革命和我党在江浙与上海展开工作。"组织上这样交代他。

身负重任的金佛庄,带着黄埔军校毕业生顾名世,俩人于1926年12月9日晚,化装成上海的洋行买办,离开南昌,从九江搭乘英商"太古"号轮船的官舱,顺流东下。

这本来应该是没有任何问题的一次秘密行动。但是后来获悉的历史证据证明,此英商轮船上的外国间谍(秘密警察)把金佛庄的行动秘密报告给了南京的孙传芳情报部门,因此金佛庄俩人上船之后的行踪其实已经被泄露。等待金佛庄他们的是牺牲的结局……

果不其然,11日,英商"太古"号轮船到达南京下关码头,孙传芳部的军警早已在码头上荷枪实弹地戒严了。船一靠岸,武装军警立即上船搜查,当即将金佛庄、顾名世二人逮捕。

"哼,蒋介石他有本事噢!竟敢派奸细到我这儿来捣乱!那我就让他感觉点儿痛……"孙传芳获悉蒋介石的革命军高级"间谍"被活捉，兴奋不已。

"坏了坏了！一定要想尽一切办法把金佛庄给我救回来！"蒋介石得知孙传芳抓捕了金佛庄，万分焦急，通过各种关系设法营救。

"他孙传芳要什么条件，我都答应！可以用人换人嘛！"一向不在对手面前屈服的蒋介石这回真的急了，一方面委托当时的浙江省省长陈仪出面，向南京方面说情疏通，另一方面亲自出面，特意发电给孙传芳，希望善待金佛庄，并提出可以用孙传芳军被俘的高级将领相交换。

我中共组织对金佛庄的突然身陷敌营亦焦急万分，积极组织各方营救。

哪知军阀孙传芳看透了北伐革命阵营的心思，知道金佛庄是蒋介石的一位得力"心腹"和干将，于是一不做二不休，干脆在12日晚上（也就是金佛庄被捕的第二天），就将其及随行的黄埔军校毕业生一起秘密杀害于雨花台……

金佛庄在南京被害的消息经上海的报纸披露后，很快传到了广州、武汉、南昌等地的国民革命阵营中，尤其是北伐革命军队伍里，激起了强烈的反响。1926年12月21日，广州黄埔军校校刊《黄埔日刊》第220号，在头版以显著位置刊登了《金佛庄顾名世两同志突被孙逆传芳枪毙》的报道。在同一版上，还发表了该报主编宋云彬所写的评论《杀金佛庄顾名世两同志者何？》。第二天，该报又发表了金佛庄邻居张宝琛所写的《金佛庄同志事略》。这些报道和评论高度称颂了金佛庄英勇而光辉的一生，号召同志继承他的革命精神，坚决打倒帝国主义及其走狗——孙传芳等反动军阀。

1927 年 1 月 1 日，上海《申报》刊载了广州革命政府就金佛庄遇难通知各军举哀的电讯。在此同时，在汉口《民国日报》上，也连日刊登武昌国民革命军总司令部参谋处同仁发起的《金佛庄同志追悼会筹备处启事》，颂扬金佛庄的功绩。

在北伐军前行的战斗途中，蒋介石还以总司令的名义挽赠了"为国捐躯"的描金红漆巨匾，派人送其东阳老家。

作为秘密身份的中共党员，金佛庄也是第一位牺牲在南京的我党革命烈士，同时他也是最早牺牲的拥有中共党员身份的黄埔军校将官。早在 1945 年 4 月，由中共中央组织部编印的《死难烈士英名录》中，就已把他登载入册。然而，由于革命斗争的复杂性和在 1927 年以蒋介石为首的反革命集团的破坏，造成国共两党决裂，之后又经历了长期的敌对状态，所以一直以来，包括金佛庄家乡的人在内，很少有人知道金佛庄的真实情况。

英雄在很长一段时间内，如飘荡的一朵云，默然地在天空中，宛若消失。

新中国成立之后，金佛庄的老母亲为此专门写信给周恩来总理，要求查明金佛庄的真实身份和牺牲情况。经有关部门认真调查，国家民政部门于 1963 年追认金佛庄为革命烈士。

1973 年，南京市雨花台烈士陵园再次向有关人士和部门确认金佛庄为革命事业献身的情况，其中致信给曾在黄埔军校工作的聂荣臻元帅。

聂荣臻元帅及时给了回信，证明了金佛庄的身份和革命功绩，指出"知道金佛庄情况的还有周总理"。

之后的二十世纪八十年代初，包括中共早期组织领导人之一的茅盾先生、浙江省建党创始人和金佛庄的入党介绍人都出面作证，使金佛庄的革命烈士身份得以证明。

南京雨花台革命烈士纪念馆根据相关材料，确定金佛庄作为纪念馆向外展出的 179 位烈士事迹的第一位，因为他牺牲的时间最早。

雨花台"一号烈士"由此一直被固定下来。

然而，关于金佛庄这位"一号烈士"的事迹细节，人们此前又了解甚少……"一号烈士"似乎只剩一个符号或标志。

想不到的是：在我书写此书时，当我一次次站在这位穿着黄埔军校军装的革命军人面前时，看着他那平静和智慧的目光，我一直在想，这位烈士一定不同寻常，他的流血牺牲和生前的经历也一定非同寻常。果不其然，我终于发现了这是一个极其了不起的人物。我甚至一直在猜测，假如金佛庄不死，他会在蒋介石身边潜伏到何时？假如他不死，第二年的南昌起义时，他会是怎样的角色？假如他不死，会是井冈山上的什么人物呢？一切皆有可能，然而一切又不可能了……金佛庄就是这样一位在北伐革命时就深受国共两党领袖们赞赏的杰出军事人才，为了革命事业，他过早地断头在雨花台上……

> 男儿之血，已洒上主义之花了，
>
> 看啊！主义之花，将日见发荣滋长，吐艳含葩。
>
> 男儿之血，已灌溉民族之心了，
>
> ……
>
> 主义之花，日见芬芳。

这是金佛庄在黄埔军校的一位东征战友写的战场诗句，而当我读它时，仿佛感觉金佛庄就是这样一位"日见芬芳"的革命烈士，他用鲜血换来我们伟大国家的芬芳，仍然在祖国大地上飘香沁心……

第二章

1927，风里溅着血……

在中国共产党的一百年岁月里，1927 年可能是最黑暗的一个年份。这一年，许多共产党人一夜间丢失了生命，又有一些人保住了生命却丢掉了灵魂与信仰。

这一年，一度十分光鲜并曾被伟大导师列宁看好的中国国内的"国共合作"旗帜，在飘扬了几年后，因为孙中山的去世和各种势力的拉锯式较量，最终被以蒋介石为代表的国民党反动政权彻底地撕破了，屠杀中国共产党人和革命者的腥风血雨，开始在从南至北的整个中国大地弥漫……

南京旧军阀孙传芳"领袖 5 省"（江、浙、徽、闽、赣）的大本营，又是蒋介石新成立的国民政府所在地，反革命的屠刀是最先从此地无情地举起，"第一刀"砍下的姿势和凶残程度都是闻所未闻、惨绝人寰的——

这一刀，就是南京历史上著名的"四一〇"惨案：中共南京市委和国民党江苏省党部中共党团组织成员共十人，被集体屠杀，并以最野蛮的方式，被割断喉舌后扔到了秦淮河中……

这一天是大革命时期南京城最黑暗的一天。

反革命的阴谋其实早已有了征兆：在中国共产党的积极配合与呼应下，举着革命旗帜的北伐军从广州出发，途经湖南、江西，再入浙江，可谓势如破竹。

1927 年 3 月 21 日，由中共中央军委书记周恩来任总指挥的上海工人第三次武装起义爆发，从这一天中午后开始，80 万产业工人集体总罢工，并立即转入武装起义。工人武装经过三十多个小时的浴血奋战，于 22 日凌晨 6 时许，攻克敌人的全部据点，宣布武装起义胜利。

起义成功的当日，上海市民代表会议召开，到会的四千多名市民代表，选举出了 19 名上海市政府委员，其中中共代表 9 名，包括了资深的中共领导人罗亦农、第三次武装起义的中共主要负责人汪寿华、侯绍裘和李震瀛，以及后来成为大叛徒的顾顺章。国民党资产阶级代表也是 9 名，加上 1 名工人代表组成的上海临时政府委员会同时宣告成立。

革命之火熊熊燃烧，中华民族的光明前程似乎就在眼前……苦难的民众和期待彻底推翻旧世界、建立新政权的中国共产党人，皆在期盼执掌当时最大权力的国民革命军总司令、也是"孙中山学生"的蒋介石，能顺应民心和民意，普天下之大安，实现孙中山先生提出的"联俄、联共、扶助农工"的三大政策。

然而，关键时刻蒋介石并没有这样做，相反他加快暴露出了本性上的野心和阴谋。3月22日在上海工人第三次武装起义胜利当日举行的市民大会上选出的上海市临时政府执委会推举的临时政府主席钮永建和北伐军团驻沪最高军事长官白崇禧皆拒绝到职。当时，上海市民有的还以为是蒋介石北伐军的"谦虚"呢！哪知这正是蒋介石的一招阴谋：不到位，就意味着想"另开炉灶"。这其实是蒋介石和他的反革命集团为暗算共产党埋下的一个伏笔。

然而，当时由陈独秀直接坐镇上海、周恩来任总指挥的中国共产党领导的上海工人第三次武装起义的胜利消息，极大地振奋了全国和全世界。苏联《真理报》等8家报纸都印了上海胜利专号，详细做了报道。全苏工会中央理事会代表苏联全体工人，专门向上海总工会发来贺电，热烈表示："你们会经常得到我们兄弟般的援助。不论是艰苦的失败时刻或愉快的胜利时刻，我们总是与你们站在一起的！"

我们年轻的中国共产党和上海人民此时都沉浸在胜利和喜悦之中。虽然周恩来、赵世炎等已经觉察到蒋介石和上海资产阶级内心明显的不自在，但却仍然期待能够以真诚和善良的姿态，换取国共合作的北伐革命的全胜。可代表资产阶级势力的蒋介石，已经横下一条心：要与共产党撕破脸皮，决一输赢。上海工人第三次武装起义的成功，加剧了蒋介石与中共分道扬镳的决心，因为他内心惧怕共产党发动民众的力量。"眼下我手中还有北伐军，再迟了就是共产党的天下了！"蒋介石对自己的亲信叫嚷道。

但在阴谋尚未布局完成之前，他蒋介石的反革命嘴脸一会儿阴、一会儿阳，企图以此来迷惑中国共产党人和广大民众。按照蒋介石的授意，一股阴风其实在起义胜利的当天就开始吹了起来：上海县商会、闸北商会、银行公会、钱业公会等19个代表上海资本家利益的团体宣布成立了上海商业联合会，由虞洽卿、王晓籁等17个资产阶级头面人物组成常务委员会，明眼人一看就知道他们是想跟上海总工会对峙，另立山头。

与此同时，上海城内的有些人发现：一些在上海的资产阶级大亨们，特别是浙江籍的有钱人，纷纷悄悄地跑到杭州、松江，去与蒋介石密会。后来知道，他们是受蒋介石之邀，去商议如何对付已经被共产党控制的上海局面……

似乎一切都安排妥当之后，3月26日，蒋介石带着北伐革命大军，浩浩荡荡地进入上海，一派胜利军统帅的派头。

这个时候，武装起义胜利后的革命形势已经变了味：作为主角的工人阶级和共产党反而成了胜利的配角，而资产阶级和大资本家们，反而成为胜利的主角。比如蒋介石当天晚上就与新成立的上海商业联合会主席虞洽卿会晤，第三日蒋介石又接见这个商会的 9 名代表，拍着胸脯向他的同一"阶级兄弟们"安抚和表态了一番。上海资产阶级代表们心领神会，立马由钱业公会组织了 84 家钱庄慷慨解囊，凑垫 100 万元，加银行业的 200 万元，给了蒋介石一份厚重的"见面礼"。

其实，"拿钱办事"的蒋介石，也并不像资产阶级代表们想的那么简单，此时他的野心不仅仅是有那么多诱人利益的大上海，他更看重的是整个中国的"江山"。上海只是他要首先"解决问题"的地方，因为这里"红水漫江了"——他对浙江籍的几位心腹如此说。

"陈独秀这样的秀才玩玩文字游戏，话捅到天，我也不怕！可怕的是像周恩来他们领着拿起枪的工人和学生……"后来蒋介石说得更露骨。

惯常以军事阴谋取得权力的蒋介石在对付革命力量和自己的对手时，他确实蛮有一套。这回同中共彻底分手时，他在为镇压和解除心头之患的中共领导的上海工人武装的阴谋中，部署了一系列行动——

先是暗中拨出 50 万元经费，让国民革命军总司令部特务处处长杨虎出面，收买帮会流氓打手，组织队伍，为捣毁上海总工会和镇压工人运动做准备。杨虎根据蒋介石的指令，除了组建针对共产党领导的上海总工会的上海工商联合总会外，又使出一个更毒的招：成立一个"中华共进会"，由上海滩的帮会头目黄金荣、杜月笙、张啸林出面组织，任命青帮头目蒲锦荣为会长，红帮头目张伯岐为军事总指挥。上海的青红帮势力一向厉害，到4月上旬，"中华共进会"已发展到上万人。为了掩人耳目，该会成员均身穿蓝色短衫，戴着上有黑色"工"字符号的白布臂章，工人和市民还以为他们就是总工会的人呢！这些流氓地痞组成的"黄色"工会成员还通过打入上海总工会的奸细，仿制了许多上海总工会使用的标识，等待时机，企图一举解除工人纠察队的武装。

明面上蒋介石又是向共产党投橄榄枝，又是专门派人给工人纠察队送上写有金光闪闪的"共同奋斗"四字的锦旗，以表示他对上海工人阶级的"敬意"。

也许正是蒋介石的这些表面文章，在3月26日召开的中共上海区委会议上还大骂蒋介石是"新军阀""杀的都是共产党人"的陈独秀，竟然在一个星期后的4月5日，与武汉的国民党领袖汪精卫公开发表《汪精卫、陈独秀联合宣言》。这份《联合宣言》中说："中国国民党多数同志，凡是了知中国共产党的革命理论，及其对于中国国民党真实态度的人，都不会怀疑孙总理的联共政策。"由于当时在南昌和广州等地，蒋介石的反革命伎俩已经暴露，所以上海和其他地区的中共党员们对形势非常担忧，并且各种谣言四起。而陈独秀在《联合宣言》中却这样安抚和引导自己的同志，"国民党最高党部全体会议之决议，已昭示全世界，决无有驱逐友党摧残工会之事。上海军事当局表示服从中央，即或有些意见与误会，亦未必终不可释解"，并呼吁国共两党应抛弃相互间的怀疑，不听信任何谣言，相互尊敬，事事协商，等等。

也许是陈独秀太天真了，而我们现在在党史中经常看到的"陈独秀右倾机会主义"，指的就是他作为党的最高领导者在革命的关键时刻犯的严重错误。

靠阴谋起家的蒋介石很会利用这种机会。他认为镇压革命、清除共产党和解除上海工人武装的时机到了！在私通好日、英、美等帝国主义国家在华势力之后，蒋介石使出的第一个毒招是假借国民党中央监察委员会之名，提出一份"举发中国共产党谋叛呈文"，决定对陈独秀、谭平山、林祖涵、鲍罗廷等两百多名各地共产党首要危险分子就近知照公安局或军警，分别看管监视，免予活动，并说"如有借端扰动，有碍治安者，定当执法，以绳其后"。

而这一切，善良的中国共产党，特别是总书记陈独秀还尚不太相信"老蒋会这般下流"。

蒋介石对付共产党就是这么下流！已经把屠刀举得高高的他，

此时仍在假装仁慈。当这一系列"密令"布置完后，他于4月9日大张旗鼓地离开上海到了南京，其伏笔是：即将在上海发生的所有事与"蒋某"无关。

"嘿嘿！哈哈……"从上海出发到南京途中的蒋介石想着自己如此"完美的计划"，不由得意地狂笑起来。随即，他哼着小调，让警卫参谋给他拿来笔和纸，他要给热恋中的宋美龄发电报告诉她即日到南京来团聚……

一切都像是在演戏，但假戏演得再像也还会被人看穿。以瞿秋白、周恩来为代表的中共领导层对蒋介石的这套把戏早已警惕。

"绍裘，你这位'老上海'，此次组织要派你去南京坐镇了，那里将是蒋介石坐镇'江山'的老巢，我们自然希望他别想舒舒服服地坐镇那里，因为他的丑恶嘴脸已经暴露得很清楚了……所以你去的责任是指导中共南京市委的反蒋工作，争取阻止他的反革命行径！"3月20日左右，中共中央负责人两次找侯绍裘谈话，命令他以国民党江苏省党团书记的名义，立即起身赴南京，与那里的中共组织会合，带领市民进行"反蒋""罢蒋"活动。

"因为要广泛发起群众，中共同意你带着党部妇女工作部部长张应春一起去……"

张应春是著名青年女革命家。因此，侯绍裘刚参加完上海临时市政府委员的就职典礼，便奉党中央之命，带着张应春等江苏省党部班子成员，于3月29日晚，乘火车前往国民党反动势力磨刀霍霍的南京城。3月29日夜，他们一路经过苏州、无锡、常州火车站，向南京进发。而让侯绍裘他们没有想到的是，在沿途这几个火车站上，竟然有成千上万的群众手持彩旗，热烈欢迎和欢送他们一行。在深夜他们到达南京火车站时，前来欢迎的各界人士竟然多达四五万人。

"南京城里的革命热潮令人鼓舞啊！"当时侯绍裘还非常激动地跟张应春这样说。

确实，南京的革命形势比侯绍裘他们在上海所想象的还要令人振奋。后来，中共南京市委书记谢文锦向侯绍裘介绍情况后，更让人鼓舞。

侯绍裘是松江人，从现在的行政区域划分来看，他是他的家乡第一位中共党员。1927年前，上海是江苏省管辖的城市，蒋介石的南京政府成立后，上海才升格为直辖市，但它的郊区还都是属于江苏省的地盘，所以侯绍裘的家乡松江，还是属于苏州地区管辖的县。

中国共产党1921年在上海成立之后，在苏州、无锡、常州一带一直非常活跃，包括松江，也是中共早期领导人重点发展革命对象的地方。侯绍裘是松江的有名人士，受"五四"运动影响，南洋公学（上海交通大学前身）毕业后的侯绍裘，一心想实现

"教育救国"之梦，与志同道合的当地进步青年朱季恂创办的"景贤女中"在当地影响极大。

松江是江南有名的历史文化名城，侯绍裘在创办景贤女中后，又创办了《松江评论》，其进步的思想和广泛的影响，在上海市区也出了名。中共早期领导人的目光开始注意到松江和侯绍裘。1923年七八月份，中共三大之后，中央派毛泽东对中共上海地委的工作做了布置和安排。遵照中共中央指示，因为国共合作，各地共产党员可以个人身份加入国民党。中共上海地区的组织进行了调整，成立了上海地方兼区执行委员会，除上海工作外，兼管江苏、浙江两地党员发展，会议选举了邓中夏兼任区执行委员会委员长一职，松江县的发展工作，也将由邓中夏和王荷波（他们后来都成了雨花台烈士）负责。

侯绍裘的《松江评论》及他以景贤女中为掩护做的地下工作受到中共中央的重视，1923年冬，时任中共中央局秘书的罗章龙和团中央负责人恽代英来到松江检查党团工作，侯绍裘亲自接待，这三人从上海苏州河乘小汽艇经外白渡桥循黄浦江上行，至松江。三人住在一起，畅谈革命风云，说文论经，建立起了深厚友情。当时三人都是以国民党领导成员的身份出现在公众面前，他们到处演讲，宣传革命道理。侯绍裘的才华令罗章龙印象深刻，后来他在回忆中这样说："侯绍裘这个同志凤仪俊秀，很能干，富有才华，雄辩滔滔，文章也写得出众。"而对与恽代英、侯绍裘的此次"松江三人行"，罗章龙更感深情厚谊，有《松江三人行》诗为证：

> 风雨连朝会议忙，苏南决策费周章。
> 以求计划无遗误，辩论终宵也不妨。
>
> 松江鲈脍素知名，到眼疮痍四座惊。
> 大辂椎轮从此启，愿将明策付群英。
>
> 江南赋重田租恶，到处乡村有斗争。
> 革故鼎新千载事，照人肝胆是侯生。

我们暂且将侯绍裘的革命生涯介绍搁置一边。现在他火速赶往南京之后所看到的革命景象，与存在的"山雨欲来风满楼"的蒋介石到来的另一种潜在形势，这应该说是喜忧并存。

此时的南京城，革命势力和反革命势力已经进入白热化的斗争时刻。

自北伐军势如破竹以来，一开始南京城欢呼的气氛占主导，因为那个时候人们还相信蒋介石领导的革命军能够在彻底摧毁北洋反动政府之后，建立一个孙中山先生梦想建立的"三民主义"

民权政府。但后来所看到的形势越来越让人担忧，因为蒋介石要建立的并非孙中山先生生前所期望的，而是一个与人民为敌的政府——"我们不要换汤不换药！""我们要建立自己的政权！"人民这样怒吼起来。

于是那些看透蒋介石反革命嘴脸的群众和共产党人、知识分子，开始纷纷起来，企图阻止蒋介石的反革命行径，甚至反对他进南京城，最重要的是想在革命阵营中把蒋介石拉下马。所以在 3 月下旬之后的每一天里，南京方面一直在进行着各种努力，发动广大市民，进行反蒋示威活动。尤其是当时的国民党武汉政府正要召开国民党二届三中全会，会上有人提出"关于免除蒋介石国民党军委主席等职务的决定"，拟在南京成立新的江苏省政府。国民党左派进步人士支持这一决定，并且同中共南京市委积极配合，争取这一革命的胜利。

事实上，中国共产党对南京市的工作一直非常重视，只是由于在建党初期的几年里，工作重心在上海，加上南京又是反动军阀孙传芳的"老巢"，革命势力相对薄弱。1925 年前，南京的中共地下组织直接受上海区委管辖，下面只有 3 个支部，南京支部则受中共浦口地方执委会管辖。1925 年 12 月，中共浦口地方执委会改称为中共南京地方执行委员会。

这是中共南京地下组织。

　　1926 年，北伐军开始向南京进军，其主要目标就是捣毁在南京的反动军阀孙传芳部。于是之后的几个月时间里，南京城的革命与反革命的两股势力之间的斗争，进入了白热化程度。

　　1926 年 7 月 30 日这一天，正在上海总工会担任常委一职的中共上海区委负责人之一的谢文锦接到上级指令，调他到南京担任中共南京地委书记（即南京市委书记）。为什么这么着急调谢文锦去南京？有一种说法是：当时的南京党内因分工等问题，部分党员之间发生矛盾和争执，南京又是一座特别重要的城市，中共曾提出"南京向持天险，半壁东南，关于全国政治往往有举足轻重之势"，因此必须由一名能力非凡的优秀领导者到那里主持党的组织领导工作。

　　选谢文锦去任职，毫无疑问是合适的。除了当时他是上海工人运动的重要领导者之一，当过刘少奇的助手，具有丰富的城市斗争经验，更重要的是谢文锦是我党的一名老资格党员。应该说，除了当时在上海参加建党的几位最早的"元老"级党员外，谢文锦是我党成立之后首批发展的中共党员。

　　谢文锦的身份很特殊，因为他是浙江人。这个"因为"有着非同一般的意义，这位温州永嘉学子一路读书，后来上了大名鼎鼎的浙江省立第一师范学校。这所在"五四"运动时期被称为"小北大"的著名学府，其校长是经亨颐。在经校长领导下的浙一师，对学生要求特别严，尤其是对招生关把得特别严，公开声称"无论何人送来条子一概不要"。经校长曾这样回忆："第一师范以后的学生，个个是我亲手招进来的，招生人数与学额差不多要一比二十之比。"

1913 年，谢文锦以优异成绩，走出故乡的大山，来到省城杭州，开始了他人生中最重要的学业和革命生涯。在浙一师五年的学习，使谢文锦从一个向往进步的少年成长为志向革命的青年，而浙一师培养的正是像他这样的才俊。当时的浙一师，除了校长经亨颐外，还有被公认为"中国近百年文化发展史中不可多得的通才和奇才"的李叔同、夏丏尊（曾任民国时期的中国文艺家协会主席）、单不庵（1920 年入北京大学任教，并任北大图书馆中文图书主任）、姜丹书（近代中国艺术教育先驱，1917 年编写出版了中国第一部美术史）等。

下笔千言，正桂子香时，槐花黄后

出门一笑，看西湖月满，东浙潮来

这是浙一师门前原杭州贡院门口的一副对联，可见浙一师在天堂杭州城的地位之佳。作为"五四"运动前后的浙江教育核心人物的经亨颐，在教育方面独树一帜，连蔡元培、胡适等当时的文化大家都称，"经式教育注重提倡人格教育和意志教育"。经校长强调学生德、智、体、美全面发展，他甚至把当时的"爱国"品德和"尚武"精神结合起来塑造自己的学生，所以浙一师校园内的体育活动异常兴旺。喜欢体育的谢文锦则成了学校的体育明星，第一次参加学校比赛，谢文锦与其他两位同班选手，获得了本科组竞走第一名。

"授予斯旗，聊作纪念。各赠白玉一件，略存微意……"谢文锦没想到经校长不仅授予他奖旗，还奖了块白玉。

"教育者之性质当如斯玉之纯，如斯玉之坚，如斯玉之洁。在校五载，既由锻炼而有如铁之身躯，由修养而有如玉之精神，加之如斯玉之品性，此余所希望于诸生青出于蓝之教育者也！"经亨颐竟然在给白玉赠件后，还说了如此一番深刻的话，让谢文锦牢记了一辈子。

"革命者不就是一块玉嘛！"他后来这样时时处处勉励自己。

谢文锦没有辜负校长的话，他在学校不仅读书刻苦，成绩优秀，而且还是学校的足球主力队员。

1918 年他从浙一师毕业。他带着经校长的期望，立刻回到故乡温州去办了一所"文武并重"的学校，以此实现他"教育救国"的梦想。然而，当"教书先生"时间不长，一场伟大的爱国主义运动——"五四"运动打破了谢文锦平静的生活。

　　这时的浙一师校园内，一批后来成为了中国共产党早期组织成员的进步青年汇聚到了西子湖畔，参与呼应北大学生发起的反帝反卖国的"五四"运动。我们熟悉的、翻译了第一部中文版《共产党宣言》的陈望道，这时从日本留学回国，受邀在浙一师任教；后来成为中国社会主义青年团第一任书记的俞秀松正在学校念书，他比谢文锦小两级；还有中国社会主义青年团另一位发起者——比谢文锦小三级的校友施存统，以及叶天底等都在浙一师。他们都是声援北京"五四"运动的浙江教育界、学生界的骨干，后来皆因抗议反动政府迫害他们的校长经亨颐而被作为"一师风潮"的镇压对象。无奈之下，这群革命青年纷纷离开杭州，去往上海。

　　到了上海，这群浙一师人，与当时的"五四"运动领袖陈独秀和李大钊汇成一条革命江河，开始了参与建立中国共产党的伟业。

　　当年在上海，有陈望道、俞秀松、施存统等浙江学子，让陈独秀筹建中国共产党没有那么困难。因为除了这些浙江学子外，还有一批浙江人，如沈雁冰（茅盾）等，他们是当时上海滩上最具革命性的一批优秀青年。

　　我们再来说谢文锦。当他在家乡教书不久，"五四"运动的革命烽火也燃到了他身边。尤其得知自己母校出现的种种事情之后，他便迅速投身其中。1920 年 8 月，施存统、陈望道、俞秀松、沈玄庐等多位浙籍建党的第一批中共党员，在陈独秀和共产国际代表的指示下，在上海渔阳里发起了成立中国社会主义青年团的活动。这个时间是1920年8月22日，参加会议的共有二十多位青年，谢文锦是其中之一，因而他也是中国社会主义青年团最早的团员。这一批人中，一半以上是浙一师人，他们同时也是中国共产党建党的骨干。

当时在上海参加建党和建团的进步青年，像庄文恭（曾任中共中央委员）、汪寿华（烈士，中共早期党员，上海工人运动领导人）、梁柏台（烈士，曾任苏区人民政府第一任司法部长）等，也都是浙一师人。

如果把这些人算在一起，当时陈独秀身边的建党人士，基本都是大名鼎鼎的浙一师人了！我们不能不对浙一师表示崇高的敬意。后来这些中国共产党的创建者，许多都牺牲在敌人的屠刀下。谢文锦是其中的一个，他比其他人更早地牺牲在敌人的屠刀下，杀害他的恰恰也是一个浙江人。他便是蒋介石。

到上海之后的谢文锦，就不再是一名普通的革命青年了，他与几位校友一样，成了中共建党之初的核心骨干。他们最先在法租界渔阳里6号的外国语学校补习外语，这是一所借着学外语而掩护起来的革命干部学校，它是根据俄共（布）代表维经斯基建议，出资办起来的中共最早的一所革命学校。渔阳里2号是陈独秀的寓居，也是中共的创建地。两个地方相距很近，党和团的组织都在这里诞生，它们也就成为上海红色火种腾起的地方。

"有一个怪物，在欧洲徘徊，这怪物就是共产主义……"在外国语学校里，谢文锦第一次读到陈望道翻译的《共产党宣言》，那两位长胡子的德国人马克思和恩格斯的文章，让中国青年谢文锦激动不已：是啊，中国需要这样的"怪物"，需要这样的"怪物"来拯救陷入黑暗的民族啊！

今天的许多人并不知道或者世界上许多国家的人更弄不清一件事：中国共产党从建党到夺取政权、建立一个新中国，为什么才用了二十八年时间！他们不知道，中国共产党胜利的一个非常重要的原因是：一开始就十分重视人才和干部的培养。

在离中共一大召开还差两个多月的 1921 年 5 月 16 日，谢文锦按照党组织的安排，成为第一批赴"希望和光明的象征"——苏联的中国革命青年。这一批青年基本都是外国语学校的学生，有刘少奇、任弼时、萧劲光等。与谢文锦同行的有梁柏台、柯庆施等。

启程于现在的上海虹口区的上海老码头，乘坐的是外国海轮。谢文锦特别高兴的是同行的还有他的好友胡公冕（黄埔军校的重要创建者）。然而，当时"十月革命"不久后的苏联国内非常混乱，谢文锦他们一路走得很艰难，光在海参崴就停留了近半年。

这个时候，在他们的出发地上海，革命战友们已经完成了一件
"开天辟地"的伟大事件——中国共产党第一次代表大会的召开。

在远东名城伊尔库茨克停留和工作一段时间后，1922 年 1 月
下旬，当地苏维埃接到通知，莫斯科将在这个月底召开远东各国
共产党及民族革命团体第一次代表大会。谢文锦等中国革命青年
才被允许赶往他们早已向往的莫斯科。

1 月 21 日，在列宁关怀下的这次大会隆重召开，谢文锦等中
国青年见证了此次大会发布的指导远东革命者方向的《宣言》：

> 我们要对英、美、日、法和其他的世界强盗们宣布
> 一个"死生以之"的战争，我们要对剥削中国的军阀宣
> 战，我们要对日本武人和官僚宣战，我们要向诡诈式的
> 美帝国主义和贪婪的英国投机家宣战。我们不得胜利，
> 誓不休止！

谢文锦和好友开始了在莫斯科东方大学的学习。他有点遗憾
的是好友胡公冕因国内形势需要，被派回国参与国共合作和筹建
黄埔军校等重要事宜，从此分手，再无见面之机。

莫斯科东方大学的全称是"莫斯科东方劳动者共产主义大
学"，是列宁领导的俄共创办的一所专门培养革命干部的政治大

学。中国共产党早期的革命家，很多都是这所学校的学生，刘少奇、瞿秋白、罗亦农、俞秀松等等，都来此学习过。对谢文锦来说，最值得记忆的是，他在入学第一年的1922年年底，光荣地加入了中国共产党。而他的入党，与众不同，他是在由中共中央总书记陈独秀亲自主持召开的党的会议上加入的。

应该是个巧合。同时也说明谢文锦作为早期中共党员在入党时组织上对他的重视。这一年正好召开共产国际第四次代表大会，中共领导人陈独秀到莫斯科出席此次大会。12月7日，他与另一位共产国际四大代表刘仁静一起到东方大学，召开了一个党员会议，因为会上要批准几名党员转正和几位新党员加入组织。谢文锦是属于新加入组织者，那时叫"候补党员"，与现在的"预备党员"一个意思。

现存于中央档案馆的一份珍贵的会议纪录这样写着：

十二月七号

列席者仲甫（陈独秀）、秋白（瞿秋白）、士奇、罗觉（罗亦农）、人俊（刘仁静）。

仲甫主席提议加入新候补党员及彭等转为正式党员事。

讨论后通过：王一飞、彭述之、任弼时为正式党员；

蒋光赤、包朴、谢文锦、许之桢为候补党员。再：华林
系俄共正式党员，其人一切行为又合乎共产主义者，通
过为中共正式党员。

这样的"会议纪录"极其珍贵，从它可以看出中共早期的组
织程度和组织形态。尤为重要的是我们的主人公谢文锦的入党可
不一般。不仅是由当时的总书记亲自主持的会，还有那么多中共
重要干部是与他同时入党的同志！

谢文锦必不寻常。

然而，当时谁也不可能想到，仅四年后，这位我党早期的重要
党员，竟将热血洒在金陵城边的秦淮河，成为雨花台千古烈士！

蒋介石和国民党反动集团欠下中国共产党的债，如山之高呵！

作为中共中央直接领导的上海区负责人之一，自"五卅"运
动之后，谢文锦一直奋战在领导上海工人的反帝反军阀运动的第
一线。1926 年 7 月初，以"推翻帝国主义支持的北洋军阀的反动
统治，实现中华民族的独立、自主、民主和统一"为目标的北伐
战争打响。为了配合北伐军光复南京城，中共南京地下组织也开
始恢复活动，由此调派有丰富斗争经验的谢文锦奔赴南京主持地
委工作。

这是一次艰苦的赴任。为了全心投入南京的工作，谢文锦把

自己的家也都搬到了南京，妻子随其居住南京。然而没有想到的是，才过去八个月，谢文锦便牺牲在紫金山下……

中共南京地下组织的历史是有传统的。1922年，铁路工人出身的中共党员王荷波，在津浦铁路的小站浦镇（现南京浦口）成立了中共南京的第一个组织，后改组成南京地方执行委员会。谢文锦赴任后，中共南京市委也算正式成立，1926年8月18日是它的成立日。当时确定的工作大纲规定"由五人成立主席团，每星期开一次会，全体会每两星期开一次"。而且增设了妇女部，四十岁才入党的女共产党员、上海南翔人陈君起被推荐为南京市委妇女部部长。谢文锦到任南京市委工作后，一方面对组织内部进行整顿，另一方面积极组织配合北伐革命的工人集会和反孙传芳的群众运动，使南京城的革命烽火开始熊熊燃起。

1926年10月17日，中共上海区委召开南京、苏州、无锡、宁波等几个外埠负责人会议。谢文锦回到上海，汇报了南京城内孙传芳部的情况，与其他负责同志一起向组织建议形成一个外埠革命工作的决议。其中就南京的"反孙工作"特别指出：

> 南京为江苏省会，在政治上说是东南诸省的重心，有举足轻重之势……南京党部的主要工作，就是政治运动。尤其是在现在南京为五省联军的巢穴，受孙传芳

的直接压迫，反孙工作更见重要。南京地委应该认清这一点。

　　这份决议，为中共在南京地区在北伐革命后的工作指明了方向和重点。然而随着北伐军的节节胜利，南京城内的孙传芳势力则在做垂死挣扎，其采取的高压手段也越加疯狂，整个南京城到处都布满了暗探和残暴的军警人员，一度让城内的群众不敢轻易出来参加各种反军阀、迎北伐军的集会与活动。

　　"敌人的疯狂，证明他们将垂死。所以我们更要动员和团结群众，让他们一起联合起来，推翻反动军阀统治，争取自由和民主。"谢文锦以身作则，冒着生命危险，多次带领南京地下组织的党员骨干，来到工人人数最多的金陵兵工厂进行反军阀宣传。正如工人何正泉说，谢同志他们的宣传，"像是有一股春风吹到了我们中间，茶楼酒店里，人们谈论着'北伐'、'革命'这些新名词，我们工人在厂里也偷偷传说革命军要打过来。""大家都在说革命来了，工人就不会再失业，不会再受工头压迫，能吃饱肚子了！"

　　为了迎接北伐革命军进城，中共南京组织在谢文锦的领导下，广泛发动南京的几个重要工厂和码头工人，进行武装暴动，配合北伐军攻打孙传芳的北洋军阀队伍。"三月二十一日，浦镇机厂的共产党员带领铁路工人，秘密拆毁了沪宁路龙潭、津浦线洋北门一带的铁路，阻止了军阀的军运。""浦口铁路工人在浦口码头缴获了孙传芳部队一个连的武器……"如此等等，革命的烽火在南京遍地燃烧。

1927年3月24日凌晨，北伐革命军大部队开始进入南京城内，谢文锦等领导的工人纠察队武装参加了追歼敌人的最后战斗，甚至有参战的共产党员赵文秀壮烈牺牲。

中共党员、光复南京的北伐革命军第二军第六师党代表兼政治部主任萧劲光，是谢文锦在上海外国语学社和莫斯科东方大学的同学。在战斗的胜利时刻重逢，俩人拥抱在一起，热泪盈眶。

3月28日，在中共党组织的领导下，南京市各界举行了5万多人参加的"欢迎北伐军大会"。

然而，谁也不曾想到，南京市民们与北伐革命军欢度光复的美好时光才几天，一股阴沉之风，从上海一直刮到南京……蒋介石在上海的"私下动作"，犹如遮蔽天空的乌云，开始笼罩在人们心头。

"这个时候党中央派我们过来，就是为了防止蒋介石叛变革命做准备的。"4月2日，中共中央派到南京的侯绍裘和张应春来与谢文锦见面时，直截了当地传达了中央指示。

阻止蒋介石叛变革命，成为了1927年4月初南京中共组织的主要任务。然而形势的发展远远超出了革命阵营对蒋介石的预估，当时在武汉的汪精卫国民政府和蒋介石集团又公开矛盾，武汉方面传来要罢免蒋介石一切职务的消息，也加快了蒋介石在上海和南京背叛革命的步伐。6日，蒋介石下令调离光复南京城的功勋北伐部队，换上他的嫡系部队。

"暴风雨就要来了，我们不能坐着不动了！""在座的都是党团员积极分子，是革命的中坚力量。革命总是要付出代价的，总是有牺牲的，我们不怕牺牲，我们要组织力量，和敌人对抗到底！"具有革命斗争意识的谢文锦已经看到了血腥的反革命风暴即将来临，他在党团骨干动员会上这样说。

"革命不怕牺牲！""为保卫革命成果，我们准备牺牲！"这是暴风雨来临之前，南京地下工作者高呼最多的两句口号和誓言。

党在这个时候派侯绍裘前往南京，与谢文锦形成"双雄"优势，共同应对即将来临的暴风雨。当时侯绍裘以中共代表和国民党省党部执委双重身份，来到南京应对来势汹汹、杀气腾腾的蒋介石反动集团的种种企图。从侯绍裘他们到达南京之后的一周，此地可谓"钟山风雨，分分秒秒，皆是惊天动地"：革命势力与反动势力各自展开了你死我活的争夺战。

4月9日中午前，反动势力的军团兵临城下之后，蒋介石入城。南京城立即"乌云密布"……已经深深地闻及"倒蒋"革命烽火之味的蒋介石，仗着手握重兵的优势，使得革命与反革命两股原本尚算均衡的势力，顷刻间发生天平失衡。

9日当晚，侯绍裘主持召开南京市各革命团体负责人紧急会议，决定第二天召开群众大会，去蒋介石处请愿。

次日，也就是4月10日上午，由江苏省党部组织的"南京市民肃清反革命派大会"召开，十万群众参加，其势其威，撼动钟山。

侯绍裘代表省党部愤怒谴责蒋介石的反动行径。下午，各界代表轮番到蒋介石的"总司令部"门前请愿。最后蒋介石假装答应请愿要求。哪知下午5时左右，一群手持棍棒的流氓突然冲入请愿的群众队伍中，疯狂地大施淫威，并向赤手空拳的无辜请愿者开枪扫射……现场顿时"血肉横飞，惨不忍睹"。

面对突如其来的严峻形势，当晚11时，江苏省部、南京市部和南京市总工会等革命团体内的主要共产党负责人，紧急聚集到大纱帽巷10号召开党内会议，以应对时下的严重情况。谁知会议开至凌晨2时许，会场被已经投诚到蒋介石怀里的国民党南京市公安局侦缉队便衣特务团团包围，除时任中共南京市地委常委的刘少猷（真名刘平楷，后任中共南京地委书记、上海沪东区委书记和中共湖北省委书记、云南省委代书记。1931年7月26日在昆明被敌人捕捉枪杀）跳墙外，侯绍裘等十余人全部被捕。

这就是南京历史上黑色的"四一〇"惨案，也是蒋介石背叛革命后向中国共产党和广大革命者斩下的"第一刀"……

听说中共南京地委的"头头"们被"一网打尽"，蒋介石得意了整整一天。后来他得知侯绍裘也在其中，便派要员向侯绍裘劝降，并说要委以"江苏省政府主席"之职，条件是其公开退出中共。

侯绍裘只回答了两个字：妄想！

哼，敬酒不吃吃罚酒！蒋介石气得鼻子都歪了。

4月13日晚，丧心病狂的蒋帮刽子手、国民党南京市公安局局长温建刚和特务头子陈葆元奉蒋介石之命，亲自指挥侦缉队对侯绍裘等十余位中共南京市委地下党负责人进行了最残忍的屠杀——特务们先将他们的喉管割断，以防止他们叫喊，然后将他们一个个装进麻袋，再活活地用刺刀戳死……之后又偷偷趁着夜色用车子将尸体运到南京通济门外的九龙桥处，把麻袋里的共产党人的尸体投入秦淮河，毁尸灭迹……

新中国成立后，人民政府多方调查、追寻才了解到蒋介石国民党反动集团对中国共产党人犯下的这一令人发指的罪行！

九十余年过去了，秦淮河水依然悠悠流淌着，仿佛一直在诉说着对这些共产党人的无尽思念。

现在的南京雨花台烈士纪念馆和上海龙华烈士纪念馆，都记录下了他们的名字。让我们一起来认识一下：

侯绍裘，上海松江人，时任国民党江苏省党部中共党团书记，牺牲时三十一岁；

　　谢文锦，时任中共南京地委书记，牺牲时三十三岁；

　　陈君起，时任中共南京地委妇女委员，牺牲时四十四岁；

　　梁永，时任中共南京市总工会委员，牺牲时二十三岁；

　　刘重民，时任中共南京地委委员，牺牲时二十五岁；

　　文化震，时任共青团南京地委书记，牺牲时二十五岁；

　　许金元，时任国民党省部委员，牺牲时二十一岁；

　　张应春，时任国民党省部执委兼妇女部长，牺牲时二十六岁；

　　钟天樾，时任南京市总工会委员，牺牲时二十二岁。

　　……

　　在雨花台革命烈士纪念馆，我对这些烈士的档案进行了一番考证，发现除了侯绍裘、谢文锦和陈君起外，全都是二十多岁的年轻革命者，他们牺牲的时候有的刚有家庭，有的连对象都还未找，然而他们都牺牲在与反动派斗争的最前沿，他们的鲜血还冒着青春的热气——

　　刘重民牺牲时年仅二十五岁，可他却是一名资格很老的党的干部。在出任南京市委委员之前，他是北伐革命军某团的党代表。在这之前他已经是以中共党员身份参加的国民党江苏省党部负责人之一，侯绍裘是省党部的领导，刘重民是一直在侯绍裘的推荐和关怀下成长起来的一名有为的青年干部。

　　早在 1923 年，刘重民从金陵大学毕业后，想办所学校，后来他得到了中共早期领导人恽代英和侯绍裘的帮助与支持，在南京成功地创办了后来一直非常有名的"钟山中学"，从那时起，刘重民就入了团、入了党，成为一名优秀的中国社会主义青年团干部。"五卅"惨案之后的工人罢工运动和学生罢课运动中，刘重民在上海一直战斗在第一线，成为工商学联合会负责人，带领青年和工人进行了艰苦卓绝的反帝反军阀的斗争，驰骋于上海滩上。那个时期的刘重民，就如黄浦江上一只飞翔的鸟，每一声啼鸣都在两岸回响。

　　国共合作期间，侯绍裘等以个人身份加入国民党后，担任设在上海的江苏省党部负责人之一。在推荐党部委员时，侯绍裘特意向柳亚子先生推荐了刘重民，称刘重民在工人和学生运动中"表现极为得力"。在进入国民党的阵营之后，刘重民不忘共产党员的责任和使命，与"右派"势力进行了坚决地斗争。刘重民是国民党第二次全国代表大会的代表，会上他做了《上海政治状况与党务》的报告。刘重民的报告中，特别提到了以中国共产党为主角的上海大学，称其"是真正革命的学校，他们的同学是最努力的同志。自从成立后，时间虽短，但从总理经过上海主张国民会议起到'五卅'案期中，差不多成为一切国民运动与社会运动的中心"。刘重民也毫不留情地在报告中强烈谴责了少数国民党右派分子对革命的破坏，认为"他们不但是破坏我们的党和政府，实在间接破坏了中国国民所要的国民革命，所以他们对于国民党、国民政府的罪恶不减于刺杀廖仲恺同志的反革命分子的罪恶，也不减于跑进广州想推翻国民政府的那些反动分子的罪恶，所以对于此次在上海的几个最反动的分子，第二次代表大会应不负上海大多数革命的同志的期望而予一个很妥当的严整纪律的办法"。

第二次国民党代表大会，最后以共产党为代表的左派占据了上风，毛泽东出任宣传部长，恽代英任国民党执委会委员，中共党员在国民党领导层占四分之一之多。

然而就像刘重民这样一名对革命充满忠诚与信仰的知识分子，却在风华正茂的青春年华时，被残忍的国民党反动派一刀砍下，永远失去了生命……

许金元是这一次牺牲的9位烈士中最年轻的一位，只有二十一岁。开始我以为，这只是因当时革命阵营里人少事多，所以让这样一位年轻同志"顶替扛大梁"了。然而我错了，我的这位苏州老乡虽然年纪轻轻，却同样是位久经沙场的革命老战士了。而且他不仅是残酷的血腥战场上的勇士，也是文化战线上的一名旗手，曾经在鲁迅先生手下学习和工作过，近一百年前，他的革命文艺思想就闪烁着令人激动的异彩，让我不禁感慨万千。

许金元的出生地苏州市区的山塘街，是苏州非常有名的一条古街，堪称"姑苏第一名街"，始建于白居易当苏州刺史时，长约

7 里，水陆并行，至今仍热闹非凡……1906 年，许家第一位公子出世，父亲给儿子起名"金元"，意在盼儿长大后继承自己的生意，发财富禄许氏家族。许金元没有辜负家长期望，学业出众，中学所上的萃英和博文两所学校，在苏州都非常有名。而许金元从小对教育和时势十分敏感并有自己的独特见解。从萃英转学博文时，他只有十七八岁，就敢为学校的一些教育理念投书上海的《民国日报》总编邵力子（中共党员），揭露一些教育上的弊病。同一年，他发表在《学生杂志》上的长篇论文《自学问题杂论》更是"胆大妄为"、激扬文字，启他人所思，传播新文化、新理念，深得学人和邵力子这样的教育家和革命家的看好。

"此学子不可多得也！"他们如此惊艳于苏州街头有位"小才人"。

十七岁少年许金元考上浙江"之江大学"。这所由美国基督教北长老会和南长老会在杭州联合创办的教会大学非常有名，中西文教学，学术气氛活跃，具有现代教育模式，这让许金元如鱼得水。对法学颇为钻研的许金元，在这里更增加了批判意识，他对旧中国教育模式的"冷言冷语"则更多起来。而且由于邵力子的欣赏，许金元的文章得以不断在《民国日报》副刊《觉悟》上发表：

"五四"以来，学生已不是奴隶性的了。学潮底（的）

澎湃，确是近来教育界的好现象——虽然有些是不良分子所酿成的，但学校好了，怎会有不良分子？若说"天性不良，没法管理"，便是教育者自示弱点。我愿学校的当局们于风潮起时，训诫学生之前，先将自己本身反省一下……

瞧瞧，这哪像一个十八岁的青年写的文章！简直就是一位导师级的文豪所言。

噢，难怪，伟大的鲁迅先生在此校担任中文系主任哟！

十八岁的许金元，越发"胆大包天"了，他竟然与大名鼎鼎的教育理论家、中共早期党员杨贤江也"杠"上了。

贤江先生：

惟其不谈政治，所以我国的政治弄得这样腐败；以后我们决不可再做不谈政治的学生了——除非我们不是中华民国的国民。近来《学生》上，差不多期期有谈到"学生与政治"的问题的作品，这是何等可喜的事啊！

十卷七号上，你的《再论学生与政治》里，有"可怜"的"新进作家""处女作家"啊！你可以醒了！你应该醒了！你若还有热血，你若还有余力，我劝你就用这血和力去杀敌！……

　　……

　　至于人格方面：若流血的没有人格，难说他不是将来的曹、吴；若流汗的没有人格，难说他不是将来的曹、陆、章。去年在广州开会的青年会全国大会，以"人格救国"为总标，确是很有见地的。修养人格方面最要紧的，我以为还是去自私心……

　　一个具有独特革命意识和思想的年轻人，自然引起了当时的青年领袖恽代英和侯绍裘的关注。而恽代英在《中国青年》《觉悟》及《学生杂志》等报刊上发表的一篇篇关于中国革命和中国青年的前途与理想的檄文，毫无疑问在深深地影响着这个十八岁的青年。许金元就是在这样的革命浪涛汹涌的召唤下，经恽代英和侯绍裘介绍加入了中国社会主义青年团和国民党。

　　学校成了许金元的主要战斗阵地，而他手中的笔则是他战斗的武器。因为印度著名作家泰戈尔到访中国，竟然在中国社会引发了一场"文学大争论"。中国共产党的领袖级人物陈独秀、瞿秋白和沈泽民等亲自出来批判泰戈尔的文学观。因为反泰戈尔，于是一个"革命文学"的概念在1924年诞生于中国。其实，中国共产党反对泰戈尔并非真正不懂或者不欢迎这位印度文豪，而是泰戈尔来中国并没有加入由中国共产党人发起的反对军阀反动政权和帝国主义的革命斗争浪潮，而是浮在当政的旧政府面上及一批"洋奴文学"的交情上，所以受到批判也属正常。泰戈尔怎么能了解复杂的东方社会！但他的到来所引发的一场关于革命文学的争论，则对"五四"运动之后中国文学的走向起到了重要的助推作用。

中国需要什么样的文学？代表革命声音的沈泽民在《我们需要怎样的文艺》中这样说：目前我们需要的文艺是"可以发挥我们民众几十年来所蕴蓄的反抗的意识……喊出全中国四万万人人人心中的痛苦和希望；再换一句话说，我们需要革命的文学"！

呵，革命的文学！它如同革命者高喊"打倒帝国主义""打倒军阀反动统治"一样，在当时的中国社会里，具有深刻而广泛的号召力。

正在之江大学的许金元，走在了这场文化革命的前列，他和同学蒋鉴发起了中国现代文学史上最早的革命文学社团——悟悟社。

悟己悟人——悟悟社。这是许金元他们所倡导的革命文学社团的宗旨。

> 我们深信文学是可以指导人生的；我们底（的）目的是要在这"伊和他""唉和呦"的"靡靡之音"下提倡"革命文学"Revolutionary Literature，鼓舞国民性！

　　"革命文学"是什么样的文学？

　　"革命文学"是奋斗性的文学；

　　"革命文学"是牺牲性的文学；

　　"革命文学"是互助性的文学；

　　"革命文学"是合作性的文学。

　　我们倡导的"革命文学"就是秉着这四条原则的精

神，灌输在我们文学的作品里面，来指导人生的工作。

　　……

　　这篇发表于 1924 年 6 月 2 日的《民国日报》上的《悟悟社

的宣言书》，如今看来仍然与我们现在所倡导的文学理念在诸多

方面是吻合的。而这样的一份具有很强思想性、社会性和文学

指导性的"宣言"，出自近一百年前的几位十八九岁的青年学生

之手。

　　许金元烈士让我刮目相看。

　　罪恶的国民党反动派可憎！如果这样的人不被屠杀，中国的

文学和文学理论是不是会有更杰出的升华呢？"文学是一个民族的

灯火"，这灯火的明亮程度将决定一个民族精神的光亮程度。

　　二十一岁的革命者、文学青年许金元牺牲得太可惜！太早呵！

他的悟悟社，吸引的不仅仅是一批革命的文学愤青，而且连鲁迅、

茅盾这样的大家也加入了其中，难道不值得我们对这样的先烈怀有特殊敬意？

蒋介石、国民党在南京向中国共产党"砍"出的第一刀，凶狠而残忍。烈士们在牺牲前几乎没有留下任何"只言片语"，是因为敌人根本就不想让他们有丝毫的说话与辩白的机会。敌人用的手段就是一句话：对付共产党，就是要斩尽杀绝。

背叛革命的蒋介石和他的反革命集团，在当时用的就是这一狠招。

"四一〇"惨案被揭露后，震惊全国。当时在汉口的《民国日报》刊载了一首诗歌，名为《钟山的悲哀》，如此描述了这些烈士所经历的那场血腥的大屠杀情景——

> 黑暗恐怖的云雾，笼罩着钟山四周；那游丝般的细雨，更落落疏疏，把黯淡的花草湮润浸透。这是促成谁的悲伤，谁的哀诉！
>
> 黑暗恐怖的云雾，笼罩着钟山四周；那空中的风声，江上的涛声！更凄切地将哀吟合奏。这是促成谁的悲伤，谁的哀诉！
>
> ……
>
> 是谁的悲伤声？哀诉声？诅咒声？振遍了民众的耳膜！

　　牺牲的烈士们，每一位都有自己的革命传奇故事。在此书里，我们只能挑其"点滴"。在这些人中，我知道有几位，他们之间既是同志关系，又是师生关系，如侯绍裘就曾是许金元、刘重民的老师和革命引路人。我还知道，这中间，最为感人的是侯绍裘与张应春两人的故事，因为他们的战友情，都与当时还在上海大学教书的恽代英相关，同时又自己延伸出更传奇的革命生涯和壮丽史话——

　　在侯绍裘和张应春生活的年代，江苏与上海同属一个行政区域，上海归江苏省管，所以松江出生的侯绍裘与吴江出生的张应春完全是同属"吴地"的同乡。历史上的吴江，因水国天色的独特地理优势和层出不穷的文人雅士，所以开创了中华文明史上千年不衰的骚雅风流。"春后银鱼霜下鲈，远人曾到合思吴。欲图江色不上笔，静觅鸟声深在芦。落日未昏闻市散，青天都净见山孤。桥南水涨虹垂影，清夜澄光照太湖。"北宋词人张先的一首《吴江》，把这块民殷物阜的江南水乡描绘得如诗如画。侯绍裘的家乡松江，也非一块等闲之地，它素有"上海之根"之名，一条黄浦江横穿南境，淀浦河、泗泾塘，也托起了这个大都市边缘的一幅水乡之景。"江村风雪霁，晓望忽惊春。耕地人来早，营巢鹊语频。……"古人窦巩的一首《早春松江野望》也把松江优雅清朗的美景写得淋漓尽致。

想象不出，如此水盈的江南水国，竟然能够锤炼出两位铁骨铮铮的革命侠士。

只有一种可能：思想和信仰的铸造结果。

是的。这就是二十世纪初，一群中国知识分子的人生与命运重塑的过程。由此延伸出的是一条用生命和鲜血染红的革命者之路……

关于侯绍裘，前面已经讲过，他是位松江才子。这里多几笔，是因为他后来创办的景贤女中，对中国共产党培养一代女青年革命者，起到了不可磨灭的作用。

1918年8月，侯绍裘以第2名的成绩考上上海的南洋公学（上海交通大学前身），攻读土木工程专业。然而在1919年5月6日从老家回上海的火车上，一张报纸上的"消息"，竟然让这位工科生开始对"国家大事"产生兴趣，人生方向从此有了质的变化。这个"消息"就是北京的"五四"运动。

第二天是上海各界组织的"五七"国耻日。这一天，侯绍裘与学校的同学一起参加了万人大会。市民和学生们的反帝热情与斗争场景，让这位松江才子感触深刻，再不能自拔。"群众的势力，更使我精神紧张。我回校后的第一件事，便是拟了一篇提倡国货、抵制日货办法的文章，在走廊下（校中的冲要处）公布出来!"侯绍裘曾经这样回忆道。

5月11日,上海学生联合会成立,侯绍裘作为南洋公学的代表被推荐为学联教育科书记,从此开始了他的"救国革命"学生运动生涯。一本《新青年》,一篇《灰色马》(茅盾译著),让侯绍裘从一名社会改良主义者变成了信仰马克思主义的革命者。因为编著出版被松江人亲切称呼为"耳朵报"的《问题》周刊,侯绍裘最后被学校以"举动激烈,志不在学"而开除学籍。一位受到"五四"运动感召的进步大学生,竟然被开除,这一事件本身就轰动了正在燃烧革命烈火的上海滩。《国民日报》副刊《觉悟》发表署名文章指出:"试想,从事新文化运动的人是开除吓得退的吗?"而侯绍裘面对飞来的厄运,却平静道:"我的意志岂是他们所能改变的吗?"

就在此时,老家松江有所私立女子学校因封建势力和财政上出现压力而停办。这所江南最早的女子学校之一停办的消息,让侯绍裘感到惋惜。此时,一位名叫朱季恂的乡贤从海外回到松江,有意重新振兴这所女子学校,而且听说当时正在宜兴教书的侯绍裘是位松江才子,于是邀他一起来重新创办松江女子学校。朱季恂是吴江名士柳亚子的好友,同是同盟会成员,且也曾在南洋公学上过学。所以侯绍裘十分乐意同这位同乡兼学长共同重振松江女子学校。

朱侯联手，松江女子学校很快重振旗鼓。主抓教学的侯绍裘大量引进名家和先进思想到校，于是松江女校在上海滩便有了好名声。时任中共上海地区兼区执委的沈雁冰（茅盾）著文夸奖侯绍裘他们："我很佩服他们有勇气排斥一切冷淡的、固拒的、没有抵抗力的压迫的空气，而火剌剌地做自己的事。"

侯绍裘把松江女子学校办得有声有色，这所带有浓重的思想解放风气的进步学校，引起了上海方面的中共领导关注，及时发展侯绍裘为松江地区最早的一批中共党员。

后来，拥有中共党员身份的侯绍裘，在国共合作的"蜜月"时期，担任了松江国民党党部负责人，而且是个革命活跃分子。他与邻近的由柳亚子任党部负责人的吴江开展密切的联系和革命工作，于是上海周边"两江"相互呼应，影响力与日俱增。这也让反动军阀恨之入骨，孙传芳进驻上海后，扬言"悬两千银圆"要捉拿侯绍裘。学生和友人们听说后，赶紧前来报讯。侯绍裘坦然回答："别怕。尽量不被抓，万一不幸被抓，就为革命挺身就义罢了！"

1924 年年底，江浙军阀混战，侯绍裘呕心沥血办起的松江景贤女子学校被迫关闭，他带着学生一起将学校迁至上海市内。"来我们上大附中吧，我们这里需要你！"恽代英向校方推荐侯绍裘当改组后的附中部主任获得批准后，立即把这一喜讯告知了侯绍裘。

而从这一天起，侯绍裘便真正与恽代英等一起，并肩战斗在职业革命家的岗位上，开启了他生命中最忙碌和最出彩的革命生涯。

"五卅"运动的腥风血雨中，侯绍裘是恽代英的左膀右臂，直接在一线指挥学联各成员单位的游行和抗议队伍到南京路掀开的反帝大行动，同时他又是全上海老师队伍的组织者和领导者。在帝国主义分子血洗南京路的第二天，他就与杨贤江（后为烈士）、茅盾、董亦湘（后为烈士）等共产党员联合上海全市大、中学校，成立了教职员救国会，支持和声援"五卅"反帝的"三罢"运动。当时在教育界有一批所谓的"名流"，其实是反对学生上街与帝国主义分子做斗争的，他们甚至提出什么"在学言学，教育救国"的老论调。侯绍裘以一个无产阶级革命者的高远见识，严正指出：在历史的转折关头，"救国先于教育"，"以挽救国家之危机，从而奠定根本之教育之基础"。

侯绍裘受恽代英的影响，加之自己又是个才学超人的才俊，他的演说和雄辩能力总让学生和同行们为之吸引并深受感染，于是成为"五卅"运动中一员闪闪发光的人物。此时侯绍裘的革命者形象，获得了淋漓尽致地展现。更可贵的是，他在开拓和组建上海周边地区的党建工作方面以及公开与国民党右派势力进行针锋相对的斗争中所表现出的才干与勇气，带动和培养了一批像他一样坚定的革命者。

　　此时，一位重要的女青年革命者，走到了他的身边。这位日后名噪苏沪一带的秋瑾式的女共产党员，她的名字叫张应春，就是后来与侯绍裘等一起被国民党极右刽子手乱刀捅死在麻袋里的"四一〇"惨案中牺牲的烈士之一。

　　在南京雨花台烈士纪念馆编纂的许多书中，张应春的名字经常出现，是因为这位女共产党员死得年轻、死得悲壮……

　　张应春的故乡——吴江黎里，是我从小就熟悉的近邻。它地处江浙交界处，距苏州三十公里左右，与同里、织里和古里共称"江南四里"，是历史上有名的集市。那里至今仍然弥漫着宁静的江南古镇的特殊气息。自南宋以来，黎里人文荟萃，人才辈出，一个小镇竟有状元1人、进士26人、举人61人之多。这里最有名的人物当数爱国诗人、南社主帅柳亚子，他与毛泽东"以诗会友"的一幕幕"书卷剧情"，也让古镇风情与当代中国的时代大风融在一起，荡漾于历史的天空之中。

　　出生在黎里的张应春，少年时代就很有胆识。但她的家庭并没有让这位水乡女子从小能够抬起头做人，因为其父亲张农膝下是4个女孩，在那"女子无才便是德"的年代，张应春从小就有种想"抬头"的勇气。办私塾的父亲给了她这种机会，她成为私塾中唯一的女生。小应春学习认真，悟性又高，这让父亲和先生们皆为喜欢。渐渐地，大家似乎忘了小应春是女孩，而常把她视作男儿。那会儿柳亚子的"南社"在黎里轮番宣传巾帼女侠秋瑾，从小说、戏剧到诗歌，都深深地吸引了小应春，她幼小的心灵萌发了要做"秋瑾式的女杰"之想法。然而小应春先天不足，身体一直柔弱。已经把女儿当儿子养的父亲是个开明人士，毫无含糊地将女儿"往高里送"——送到吴江历史上第一座由教育家倪寿芝创办的女子学校学习。

"先觉仰天民，当年东渡挹文明，遄归祖国朝夕费经营……道德宗旨兼训朴与勤，大家努力，莫让须眉独迈征！"这是这所女子学校的校歌内容，可见创办者当时的远大胸怀和反封建的精神境界。

张应春来到这所学校，遇到了人生中一位重要人物，她的同班同学柳均权，她是柳亚子的四妹。用现在的话来说，两人是"闺蜜"，她们"上课同桌而坐，放学结伴返家，过从甚密"。

张应春的少年时代，正逢中国历史大动荡岁月。由于柳亚子等人的影响，外面的时局动荡和革命浪潮，也总是让黎里这个原本宁静的小镇一次次地风起云涌。1915年，袁世凯复辟称帝，引来国人一片哗然和反对。小小年纪的张应春也能在大庭广众下怒骂袁世凯，这在当时可算得一件轰动十里八乡的事。

张应春的名字开始被柳亚子注意。父亲张农加入柳亚子的"南社"，更让张应春有了呼吸革命的清新空气的机会，同时，在父亲的言传身教下,她的诗才文艺出众,作品频频见刊登报。

"黎里应春,稀世才女!"柳亚子遇人便夸,内心不时泛起一缕缕少有的情感……

"五四"运动的革命浪潮袭来,京城和上海惊天动地的"强国""救国"口号,也撼动了黎里这位少女之心。1920年夏,在父亲的支持下,张应春怀着"强国必先强种,强种必先强身"的信仰,只身来到上海,报考了设在老西门林荫路上海美专内的我国第一所女子体育学校。

"霹雳一声声,睡狮醒未醒,神州的事化维新……寄语青年,莫负光阴,振兴体育为己任。"我真的欣赏那个时候已经如此先进的办学理念和充满奋斗的目标。

此时的上海,经历了"五四"运动的洗礼,革命浪潮激荡,各种进步的报刊和社团如雨后春笋般涌现,各种先进思潮在年轻人中大为流行,所以学校内洋溢着一股浓浓的爱国、民主、进步的气息。这其中的张应春,如鱼得水,加之她借学来的体育本领,常挥刀起舞,又慷慨激昂地指点江山,大有秋瑾风范,干脆自喻"秋石"。

"'秋石',柔中见刚,将来必成救国之大器!"柳亚子对这位同乡年轻女子的欣赏尽在言表之中。

就在这时,张应春突然患了一场病——她的小腿得了丹毒,不得不回乡诊治。而此时柳亚子也在黎里，于是这对肝胆相照又有共同追求的革命战友有了一段令他们终身难忘的交往。从此张应春把自己内心的许多重要的想法与苦恼都"交心"于她的这位诗才长兄，而柳亚子也在诸多方面帮助张应春在革命的道路上有了更广阔的战场和视野。

"柳兄，景贤学校如今生源滚滚而来，师资成了大问题了！你智慧独特，人脉又畅，烦请大兄介绍几个思想先进的女师为我校所用啊！"一日，侯绍裘恳求柳亚子帮忙，这样说道。

"好呀，此事你算找对人了！"柳亚子是了解侯绍裘办的松江景贤女子中学的。他的脑子没有转半个弯，就把同乡的张应春介绍给了侯绍裘。

内秀又外刚的侯绍裘见了同为中共党员的张应春，真是喜出望外，从此这对革命的战友开始了少有的一段精彩的人生。

那时景贤中学事实上已经成为了中共上海地区和松江培养女革命者的一个重要据点。张应春为帮助侯绍裘张罗学校扩展而带来的诸多事宜，可谓东奔西走，甚是操心。在新校舍建设时因为筹款一时困难，张应春甚至把学校给她的薪金全部捐了出来，而且组织了9支募捐队在松江和上海到处"磕头求施恩"。一介女子，在公众中到处抛头露面，这在当时会有相当多的人在背后指指点点。

"干脆,我把辫子剪了!"一日,张应春拿起一把大剪刀,对着镜子,自己"咔嚓咔嚓"地把一头秀发剪了下来。从此,吴江、松江和上海街头,一位自喻是"秋石"的女子常常出现在演讲台上,出现在公众面前……

张应春的"吴江秋瑾"之美名,也渐渐被叫开。而她自己则有些脸红地说:"应春不够秋瑾烈女,但愿当个任凭风霜吹打的革命秋石!"

1925年3月12日,北平突然传来孙中山先生去世的噩耗,举国震惊。此时,军阀们虎视眈眈,刚刚起步不久的国共合作面临岌岌可危之势。

柳亚子、侯绍裘和张应春等革命者万分焦虑。"继承中山遗愿,革命仍须努力",一时成为革命者的头等大事。然而上海已经被军阀孙传芳把持,再欲进行公开的群众性的大规模追悼孙中山活动,将会受到制约并带来一定危险。

"就在吴江黎里开!"柳亚子提议。

"柳兄此招甚妙。"侯绍裘一听举双手赞同,说,"吴江黎里,镇虽小,但名头大,再加上我们四乡八镇联手支持,其声威照样可以震慑反动势力。"

"足力之事,当仁不让了!"张应春一听此事,欣然担当起大会的"跑腿"任务。

　　5月3日，以吴江国民党党部名义举办的追悼孙中山大会在黎里隆重召开，上海和江浙地区的进步名流云集小镇，热闹异常。英姿飒爽、满是青春活力的张应春担任大会司仪。柳亚子、侯绍裘等分别代表不同地区的革命进步团体和组织，发表了颂扬孙中山、继承其遗志的演讲。待代表和老师们讲完后，张应春也登台发表了慷慨激昂的演说……

　　"快来看呀！看尼姑在台上呀！"这时，不知从哪里冒出来的人在这么说，于是会场一阵骚动。原来，是镇上的一些小孩和妇女看到张应春一头短发的模样，便嚷嚷起来。柳亚子和侯绍裘对视了一下，替自己的学生担心起来。哪知台上的张应春全然不顾世俗的目光和中伤的言语，依然坦然自若，滔滔不绝。

　　"好一个思想进步的侠女子！"这一幕，让台下的柳亚子钦佩又感慨。

　　侯绍裘在一旁笑而不言，内心却充满春光，因为这也是他的革命战友。

　　今天多数人对一百年前的"五四"运动之后的中国的情况不是太清楚。在那个时候的革命思潮中，除了"科学救国""教育救国"和学潮与工运之外，还有一个重要的革命潮流，便是妇女解放运动。这同样是一场波澜壮阔甚至影响全中国一半人命运的深刻革命，动员和鼓励中国妇女自觉自救的解放运动，是中国共产党唤醒民众的重要工作，而在这场运动中，宋庆龄、何香凝、蔡畅、向警予等则是妇女界的领袖和旗手。在上海乃至江浙大地上，像张应春这样有知识、有胆识、有能力，每天意气风发、活力四射的革命女性，自然格外令人耳目一新，并让人们深深受其感染。张应春在妇女解放运动中身体力行，比如在自己的家乡第一个报考女子体校、第一个剪头发、第一个甩掉束胸布等等，皆因为她是一名中国共产党员。

"我们入了党，当然身心受党的指挥，就不应该再有冷热的分别，尤其是不应该谈到个人的利益了！"张应春在加入中国共产党之后，如此坚定而执着地对柳亚子透露心声。

"真是一枚透着阳光质地的'秋石'呵！"柳亚子与张应春之间来往了无数信件，而每每拾起这样冒着青春热气的信件时，这位自喻"平生不二色"的南社主帅，总是心潮澎湃，难掩战友之情。

"我们已经毅然决然加入政党了，我们就应该打破种种困难，领着民众，齐向革命的路上去工作，要以谋到全民众的独立自由平等为目的。"这边，另一位才华横溢、驰骋在上海街头刀光剑影中的老师侯绍裘则读着学生的一篇篇激昂文字，热血和勇气似乎更加高涨。

"秋石，如菊之美，又霜摧而不朽也！"1926 年 5 月，柳亚子、侯绍裘分别以国民党中央监委委员和国民党江苏省党部代表的身份，在广州面见蒋介石，欲图"讨个真革命还是假革命的说法"。这是一次革命的分水岭交锋，临行之前，侯绍裘吟着上面这样一句话，对柳亚子说："此番见蒋，你我须借秋石之胆量和豪气啊！"

柳亚子先是一愣，后大笑："是也！她若能同行，老蒋必哑口无言！"

"哈哈……"

与蒋介石的会晤，仿佛战场一般——

柳亚子盯着蒋介石，如此责问他："你到底是总理的信徒，还是总理的叛徒？如果是总理的信徒，就应当切实地执行三大政策！"

蒋介石皮笑肉不笑地说："政策和主义不同，主义亘古不变，政策不妨变通一下……"

柳亚子紧追不舍："你不懂得政策和政略的分别。政略是可以随时变换的，政策就不应该轻易放弃。就以政略而论，必须环境变化，方有变通的必要……总理生前为了反帝、反封建、反买办资产阶级，所以定下了伟大的三大政策。现在帝国主义鸱张犹昔，北洋军阀虎负如前，而买办资产阶级，以广州而论，就曾掀起了商团之变。这些事实胜于雄辩，难道你身负党国重任，还能瞠目无睹？"

蒋介石尴尬了："这个……"

　　侯绍裘接过话茬，直问蒋介石："亚子先生问之有理，言之有道，难道你连这样的基本道理都不明？若真如此，你怎能当一国的革命领袖？"

　　蒋介石本来被柳亚子问得气呼呼的无处发泄，这侯绍裘的话更如针扎其心，他顿时大怒："你侯绍裘代表的是谁？是我国民党，还是你们共产党？"

　　侯绍裘冷静而轻蔑地回答道："党派不重要，真理才至上。"

　　"你们！你们不是同路人！恕不远送！"这时正在国民党二届二中全会前夕和沸沸扬扬的"中山舰事件"刚刚过后，所以蒋介石不敢立马"逮"了柳亚子和侯绍裘，但这一天也气得他双手不停地在空中乱舞。

　　当晚，柳亚子去了恽代英的寓所。此时的恽代英正身兼国民党中央执委和黄埔军校政治部主任教官并军校中共党团书记之职，还与毛泽东等一起在广州农民运动讲习所主持和任教。

　　"代英啊，你们一定要动手了！蒋介石就是个小人！他肯定是陈炯明第二，应当立即派人干掉他！"柳亚子知道恽代英是中共领导者，便火急火燎地对他说。

　　恽代英听后连连摇头，说："人家叫我们共产党是'过激党'，我看老兄你是'过过激'啊，因为你比我们还激呀！"

　　柳亚子皱着眉头，摆着双手，说："你们不信我的话，以后可要吃大亏的呀！"气喘三口后，又说："我们是好朋友，玩笑归玩笑，正经归正经，你今天不赞成杀蒋介石，怕蒋介石早晚有一天先把你杀了呢！"这句话柳亚子是说中了。五年后，恽代英被蒋介石反动集团在上海逮捕，杀害于南京。柳亚子当时挥泪写下如此悼诗："百粤重逢日，轩然起大波。我谋嗟不用，君意定如何？矢日盟犹在，回天事已讹。苍茫挥手别，生死两蹉跎。"后事竟被柳亚子言中。然而恽代英等无产阶级革命者不到最后时刻，是不会轻易放弃一切有利于革命的统一战线的。认识蒋介石与同国民党决裂，也存在一个时间点。这就是革命的曲折性和复杂性。恽代英等无数革命先烈洒下鲜血的惨痛教训，也是党在革命征程中很多时候难以回避的残酷现实。

再说柳亚子，他此次从广州回来，心灰意冷，径直回到故乡黎里，来了个彻底的"养病"，从此不问国民党党务事宜。只有在侯绍裘推荐张应春出任江苏省党部妇女委员而前来征求意见时，柳亚子才欣然起身道："她最合适，非她莫属！"

张应春这回站在了革命更前线的位置上，与侯绍裘并肩奋战在出生入死的战场……

随着北伐军的南下，革命和反革命的两股势力的斗争进入白热化的阶段。身为上海地区国民党内部的中共党团组织负责人的侯绍裘时时处在两种势力交锋的中心地带，工作的危险程度超乎想象。分担和替代战友的部分工作以及关注战友的安全成为张应春最为操心的一部分。她以女人特有的敏感和细腻，为侯绍裘化解了无数惊与险。

"应春，组织决定让我们明天就要将党部搬到南京去。你马上通知各位委员立即准备动身，越快越好！"1927年3月29日下午，侯绍裘把张应春叫到自己的寓所，以最快和最果断的口吻向她交代了这一重要任务。

"明白了！"张应春接令后立刻拔腿就走，却被侯绍裘叫住："慢着，还有一件事……"

"什么事？"张应春收回脚步，问。

侯绍裘表情凝重地对张应春说："此番南京之行，形势险恶，我们要做最坏的打算。你想法托人给家里人去个讯……"

张应春点点头："我明白。等到了南京再说吧！"

可是到了南京后，急转直下的恶劣形势，让这位革命侠士根本没有时间顾得上给黎里的家人带个讯。当得知她在南京遇难时，全家人疑信参半。为此父亲张农先生两度亲赴南京，但终不得实讯，由此忧愤成疾，吐血而逝。正乃父女同殉，悲天恸地！

1928年清明节前几日，为避难到了日本的柳亚子回国后，听说他心敬的"秋石"玉碎秦淮河，长歌号哭数日。之后，他召集张氏族人和地方士绅，一起在黎里为张应春建了座衣冠冢。柳亚子专门约请上海大学校长、国民党元老于右任先生书下"呜呼张秋石女士纪念之碑"，勒石立于冢前，自己则亲笔写下一首非常有名的悼念诗篇：

血花红染好胭脂，英绝眉痕入梦时。

挥手人天成永诀，可怜南八是男儿。

两年之后的 1930 年，柳亚子又悲从心头涌，再度写下诗篇纪念张应春：

犹见英姿飒爽来，梦魂无路可追陪。

三年地下苌弘血，一赋江南庾信哀。

乱世经纶钩党狱，漫天烽火骷髅杯。

蹉跎我已悲心死，愧对眉痕日几回。

作为同乡和知己，柳亚子每每想起张应春，都不能自拔。两个月后又写成《秋石女士传》，后刊发于《世界文学》上。

似乎个人情怀尚不能稀释，柳亚子又请了岭南画派创始人陈树人先生和山阴诸贞壮先生各绘了一幅《秣陵悲秋图》。图成后，他又发动南社成员广征题咏，为亡友、女烈士张应春赋诗题跋，以表对张应春的革命品质的纪念和缅怀。

张应春牺牲时只有二十六岁，在她四十七岁冥诞时，柳亚子又写下《纪念张应春先烈冥诞》诗。

1949 年年初，故友毛泽东主席邀请柳亚子先生到北京筹备建国大业。在初踏北京的路上，柳亚子想起自己的好友侯绍裘和张应春，便当即吟诵出"白首同归侣，侯张并激昂。洞胸悲宛李，割舌惨刘黄"的纪念诗篇。敌人在残害张应春和侯绍裘时，用的手段极其残忍，不仅用乱刀活活将其捅死，而且在这之前将他们的舌头也割了……想起战友如此悲惨的牺牲，柳亚子常夜不能眠。而当他参加开国大典，他以"奠酒碧云应告慰，人民已见太平年"的诗句来告慰亲爱的战友……

侯绍裘、张应春，这两位战友、同志，牺牲时年龄都不大，老师三十一岁，学生二十六岁。

呵，他们都是那么年轻的生命，都是当时炫目的政治明星！然而为了革命，为了今天的新中国，他们早早地、年纪轻轻地就离开了这个世界，不免令人感到格外惋惜！

蒋介石、国民党的屠刀举起的"第一刀"就如此恶毒，如此卑劣，如此残暴……这些年轻人，被割喉舌，再装入麻袋，丢进秦淮河……毒啊！

然而，这仅仅是反动派对共产党人、革命者举起屠刀的开始……

第三章

"四一二"反革命政变，周恩来连失数员大将

　　讲述雨花台的革命烈士，自然离不开上海的共产党人和革命者，因为当时的上海隶属江苏省管辖。南京和上海的特殊关系有两层：一是，蒋介石到达南京后，建立了自己的国民党南京政府，上海成为他的南京政府的"直辖市"，军政和司法权力都受南京方面领导和管辖；二是，上海当时对中共来说，它既是中共中央机关所在地，又是江苏省委所在地。蒋介石对上海发动反革命政变后，认为对需要快速处置的"要犯"，实行"就地枪决"，对"重犯"者和想"软化"的，则押解到南京"法庭"或监狱，这就是为什么我在雨花台看到的烈士墙上近一半烈士是从上海押解过来的。

　　南京——上海，上海——南京……在大革命的岁月里，这两座城市既是革命者抵抗反动统治、高举信仰旗帜的战斗主战场，又是蒋介石反动派残害革命者的血腥屠场。

　　我们来说中国共产党的诞生地上海。

　　就在蒋介石于南京撕去"革命军统帅"的伪装面目，对共产党举起杀人屠刀、制造血腥的"四一〇"惨案的同时，他其实最想动手的地方便是上海。因为上海是中国共产党的"总巢"——中共中央机关都设在那里，而且国民党的左派势力也基本集中在上海滩，让蒋介石更无法接受的是上海竟然有共产党领导的几十万工人纠察队，已经与共产党"同流合污"的国民党内部势力也很强大。

　　"这是绝对不允许的！我们国民党不允许存在两个司令部，只应该有南京一个司令部！其他的统统端掉！"这话其实他在途经上海时就对亲信这么说过。现在到了南京后，这样的话，他几乎天天在说。"要把它当作今后一段时间的头件事体来抓！"蒋介石对特务头子已经吩咐几回了，并且说，"你们搞不定，我就搞定你们！"

　　"凡是共产党人一律处置？"特务头目想到过像陈独秀、李大钊、周恩来这样曾经与孙中山一起共商"联俄、联共、扶助农工"三大政策的中共领导人，是否另做处理，抓捕杀了他们是不是面子上过不去？

　　"面子？你现在想要面子，没几天连里子你恐怕都找不到了！"蒋介石怒气冲天地回应道，然后说，"我不管张三李四，只要他是共产党人，你就给抓，该杀就杀，该关就关！"

底牌摊了，干吧！特务头目跟手下的人这样布置任务：上海是共产党的"老巢"，行动要干脆，而且关键抓"重点"！

蒋介石所说的"重点"有两点：一是以封官许愿为条件，将新军阀白崇禧和当地流氓头目黄金荣为首的两股势力拉拢在一起，形成军事上和地方势力上的无敌天下之势；二是迅速抓捕中国共产党在上海的负责人，尤其是领导上海工人第三次武装起义的领导者周恩来、汪寿华和罗亦农、赵世炎等"共党要人"。

为了这两个"重点"，所有设下的局都是伪装和骗局。

对付周恩来，国民党反革命政变集团借用二十六军第二师师长斯烈出面"邀请"其到师部去商量上海工人纠察队的武器管理等"相关事宜"。"当时斯烈写了一封信给我，要我去谈一谈，我就被骗去了。"周恩来后来这样说。

就这样，起义胜利后一直在东方图书馆内工作的周恩来带着几个指挥部的副手就匆匆赶到宝山天主堂的二师师部。但师长斯烈见了周恩来只是客气地寒暄，并没有商量什么事，显然是想诱骗和软禁周恩来。一向文质彬彬的周恩来勃然大怒，甚至把桌子、花瓶及杯子都推倒在地上，用手指着斯烈，训斥道："你背叛了孙总理的三民主义和三大政策，你镇压和欺骗工人，收缴了他们从军阀手中夺来的武器，你们是得不到好下场的！"斯烈只得低着头喃喃道："我是奉命……"

斯烈执行的是蒋介石的密令，他就是软硬兼施地不让周恩来走。这一夜，可把中共中央和工人纠察队员们急坏了。

第二天清晨，周恩来被第二师中共地下党的军官们营救了出来，逃出了虎穴。

"笨！笨到黄浦江里去了！"蒋介石得知后，把斯烈骂得狗血喷头。

这一夜是周恩来一生中经历的最危险的一夜。时间是 1927 年 4 月 11 日。二十九岁的周恩来从敌人的虎口中死里逃生。

可也就在这一夜，另一名只有二十六岁的上海工人武装起义的领袖则死得特别惨烈，他就是上海总工会代理委员长、中共上海区委负责人之一的汪寿华。他是周恩来领导的上海工人第三次武装起义中最重要的助手之一。

汪寿华原名叫何纪元，是浙江诸暨人，出身于书香门第。父亲是清末秀才，一生都在乡村教书，母亲是个勤劳的农家妇女。十五岁那年，汪寿华的父亲和长兄都病故了，从此他过着一个普通贫苦家庭的生活。第二年，十六岁的汪寿华考上了著名的浙江省立第一师范学校。他是学校的体育冠军，学习又格外刻苦，他在日记中写下了"青年真当努力，日月奚可差过""愿誓今日起，毋使后悔生"等这样的话。在浙一师这座革命熔炉中成长的汪寿华，在此时开始接受先进思想和进步报刊对自己的影响，"五四"运动中，他与同学发起了学生"书报贩卖团"，专门宣传《新青年》等进步刊物。当时对汪寿华影响最大的是俄国十月革命，所以当听说有机会到苏俄去学习时，他首先报名。其母亲很有远见，支持儿子，还帮他筹措了100块银圆作为路费。这个农妇母亲的胸怀，让儿子汪寿华一生不忘。

1920年，汪寿华到了上海，参加了刚刚成立的由中共早期几位进步知识分子组建的"工读互助团"，后又进入了上海外国语学社学习俄文，并参加了刚刚成立的中国社会主义青年团，是最早的一批青年团员之一。1921年4月，中共一大召开前三个月，他与刘少奇、任弼时、罗亦农等赴莫斯科学习，但中途汪寿华和谢文锦、梁柏台（两人后来都成为革命烈士）都因进入西伯利亚后苏俄国内战乱而没能去莫斯科，最后汪寿华等只得在远东的赤塔城留下，参加当地的革命工作。1924年，汪寿华被选举为赤塔远东职工会中国工人部主任和海参崴职工苏维埃委员。那时他的名字叫何今亮，在工人中具有很高威望，大家都认识他。1924年年底汪寿华回国，即参加了在上海举行的中共四大。"五卅"运动爆发时，汪寿华是上海总工会的宣传科科长（刘少奇是总务科长），协助李立三等组织和发动工人罢工。1925年8月起，上海的工人运动领导人李立三、刘少奇因工作原因相继离开上海，另一位工人领袖刘华被杀，汪寿华勇敢地担起了组织交给的重担，出任总工会代理委员长。一时间，他成了敌人追捕的对象。妻子十分担心他的安危，常眼泪汪汪。汪寿华一边为妻子擦着眼泪，一边说："千万不要哭，哭了反动派得志，革命群众丧气。"1926 年 5 月，为了振工人志气，在当时革命形势相当低潮的时候，汪寿华和中共负责人罗亦农、赵世炎领导了一场 6 万多人参加的纪念"五卅"运动大会，随即又举行了 20 万人参加的大罢工。汪寿华在上海工人中顿时赫赫有名，敌人对其恨之入骨。北伐革命开始后，汪寿华受党的指令，组织上海工人武装起义，配合革命军北伐。他是上海工人第一、第二次武装起义的主要领导者。上海第三次武装起义时，他又被推荐为中共中央与上海区委联席会的特别委员会会员，其他委员是陈独秀、周恩来、罗亦农、赵世炎等。汪寿华负责五千余人的工人武装纠察队，也就是第三次武装起义的"主力部队"。这也让汪寿华在上海的影响力不再局限于党内和工人中。所以武装起义成功后成立的上海临时政府中，汪寿华被推荐为市政府委员兼劳动局局长，同时兼任上海总工会委员长。

　　掌握着中共最重要力量——工人纠察队指挥权的汪寿华，此时在蒋介石反革命集团的眼里，是第一个想除掉的"中共要员"。

　　3 月 27 日，蒋介石专门会见了汪寿华，直接向他提出要工会听从军事当局的指挥，汪寿华对此断然拒绝。

"此人必除之!"蒋介石离开上海前,给黄金荣等下达密令。而这也正中黄金荣这些青红帮的"下怀":假如工人纠察队执掌了上海滩的天下,能有帮会的好日子过吗?早已想"干掉"汪寿华的几个帮会头目此时一拍即合,于是一条毒计便在上海滩的"江湖"上密谋而成……

上海总工会当时在湖州会馆办公。帮会中有人提出去"砸湖州会馆",但被杨虎、杜月笙等制止,老谋深算的这两人道:"与其到湖州会馆大动干戈,不如假装'请'汪寿华委员长前来商量事宜,送去轻飘飘的一份帖子,让极不好对付的汪寿华自投罗网。"

"妙!妙计!"黄金荣连连点头赞同。于是4月9日下午,青帮头目杜月笙的大管家万墨林来到湖州会馆,一派"真诚"地给汪寿华送上一张"请帖",邀汪寿华赴宴。

去还是不去,当时总工会和中共上海区委负责人也有不同意见。

"不能去,寿华,杜月笙这人同我们一直貌合神离,此人阴险得很!"比汪寿华大一岁的区委领导李震瀛非常不赞成赴这"鸿门宴"。但是负责这一块工作的汪寿华深思片刻后,摇摇头,说:"我过去常和青红帮流氓打交道,他们还算讲义气,去了或许可以把话谈谈开,不去反叫人耻笑!"

在这种情况下,中共上海区委最后决定让比较有军事经验的李震瀛陪汪寿华一起去。但汪寿华考虑到杜月笙是不会让李震瀛跟着进杜公馆的，就在临进虎穴前对李震瀛说："我进去后如果两个钟头还不出来，说明事情不好，你就回去报告。"

李震瀛被汪寿华挡在阴森森的杜公馆外，晚上 8 时整，汪寿华昂首阔步来到杜月笙公馆……

"汪委员长来啦！"汪寿华穿过杜公馆宽敞的庭院，在灯火辉煌的大厅里与杜月笙碰面时，杜月笙的第一句话，这青红帮头目尚算客气。但接下来他就立即换了口气："我们有个动议，请汪委员长把工人纠察队合并到我们这边来……"杜月笙说的"我们这边"，就是他们受蒋介石旨意新成立的"中华共进会"。

"你们？中华共进会？"汪寿华立即警惕道。

"是。"杜月笙的言语和表情，不再掩盖什么了。

"想吞我们的胜利果实？"汪寿华也不再客气，严正责问。

"话别说得那么难听嘛！毕竟阿拉晓得侬汪寿华先生并不是上海人。这上海滩上的事还是由阿拉来管比较合适！"杜月笙以一腔上海话来回应汪寿华的责问。

汪寿华冷眼看一下杜月笙，说："杜先生也不要忘了，我们工人纠察队也不是上海滩的哪一帮什么势力，而是中国共产党领导的革命队伍！"

"什么共产党革命队伍！老子要铲除的就是你们共产党！"突

然，在汪寿华的身后，另一位帮主头目张啸林早已忍不住了，没等汪寿华的话落音，便一声"杀了他——"地招呼，顿时，只见早已埋伏在外的几位流氓打手朝汪寿华一拥而上，对他一阵拳打脚踢，将汪寿华打得昏死在地。随即，杜月笙等按原定计划把昏死过去的汪寿华塞进汽车，向枫林桥一带驶去……

这是一个罪恶的夜晚。

汽车到达预定地点后，打手们把汪寿华推下汽车，塞进麻袋里，随即就地动手挖坑。这个时候，麻袋里突然发出一阵呻吟声，原来汪寿华苏醒了过来。

"看你还吱声！"几位打手抢起铁铲，又朝麻袋狠狠暴砸下去……

麻袋内不再有声响。随后，麻袋被扔进深深的大坑里，并被泥土填平。

二十六岁的年轻共产党人，上海工人三次武装起义的重要领导者汪寿华，就这样壮烈牺牲在青红帮的屠刀下。这位与瞿秋白、刘少奇、任弼时、萧劲光等都是同学的中共早期的革命者过早地离开了他亲爱的战友和上海工友们。汪寿华牺牲的消息传出后，他的战友和上海工人们悲恸地握紧拳头，发誓要为他报仇。他生前说的那句"革命是追求真理的事业，我们应尽力地走我们现在应走的路。如果牺牲了，以后的路自会有人来继续走下去"的话，则一直在激励着上海地下党的战友们。

杀上海工人领袖汪寿华，其实是蒋介石设下反共圈套的"第一刀"。在随后的日子，国民党反动集团迅速加快了政变行动。在工友们找不到汪寿华之后的第二天，一帮打着"中华共进会"旗号的流氓分子便开始向工人纠察队驻地进攻，他们举着刀和枪，突然袭击——并唆使北伐军第二十六军军长周凤岐部借口"工人内讧"，发动了震惊全国的"四一二"反革命政变，上海滩上顿时血流成河……

我们来到南京"四一〇"惨案后的上海1927年4月12日那一天吧——

那一天清晨，武装起义方面应该是中共最高领导的周恩来，正在逃离虎口，返回他曾经指挥起义队伍战斗和工作的"总指挥部"——东方图书馆。他在黄逸峰（中共地下党员，新中国成立后任上海铁路局局长）的陪同下，路经北四川路东四卡子桥附近的罗亦农办公处，发现东方图书馆已经被国民党部队占领，那里的工人纠察队其实已经被缴械。

"罗亦农到哪儿去了？他安全吗？"周恩来非常担心他的战友们的安全。第二天，周恩来才知道罗亦农也刚刚在工友们的帮助下才逃脱被反动派屠杀的一劫。

因为没有抓到"共党"武装起义的"要犯"罗亦农，所以蒋介石不日就在上海"悬赏五万大洋"要捉拿罗亦农。一口外地口音的罗亦农根据中央的指示，不得不离开上海。

那天清晨，赵世炎亲自到码头送罗亦农。在上海工人三次武装起义中都并肩战斗的两位年轻的共产党人深情地握手告别，相互勉励。

罗亦农后来到了汉口，参加中共五大，后调任中共湖北省委书记。11月初，他秘密回到上海，参加中共临时政治局会议，并被选举为政治局常委。1928年元旦，刚满二十六周岁的罗亦农，在新闸北路新闸里28号的中共组织局所在地举行了他与李哲时女士的婚礼。瞿秋白、杨之华夫妇，周恩来、邓颖超夫妇，李富春、蔡畅夫妇等出席。

为筹备在莫斯科召开的中共六大而立即启程的罗亦农，却在刚刚新婚四个多月的1928年4月15日上午到英租界与山东省委来的同志接头时，被已经出卖革命的何家兴夫妇告密而被巡捕逮捕。

第二天，上海滩的各种报纸都刊登了"共匪要犯"罗亦农被捕的消息。从那些报道中所用的"首要已擒，共祸可熄"的字眼，可以看出敌人对抓捕罗亦农的得意劲儿。中共中央万分焦急，责令周恩来营救。但反动当局那里格外重视此案，先是将罗亦农引渡到了国民党龙华淞沪警备司令部监狱，所以负责营救罗亦农的顾顺章没有完成党交给的任务。然而，敌人对罗亦农却立即使用重刑，企图撬开他的嘴，以获取中共高层情报。此举未成，蒋介石怕出意外，立即密令淞沪警备司令部"就地处决"罗亦农……

4月21日晚，一群反动军警便将同样年仅二十六岁的中共临时政治局常委、上海武装起义领袖之一的罗亦农残害于龙华刑场。

"哲时，永别了！灵若有知，将永远拥抱你，望你学我之所学，以慰我……胜利永终是我们的！"这是罗亦农在监狱里留给新婚爱妻的遗书。他还写了一首"绝命诗"："慷慨登车去，相期一节全。残躯何足惜，大敌正当前。"其英雄气概令敌人丧胆。

罗亦农的新婚妻子焦急地等待爱人回家，但一直没有见到人。而爱人被捕的消息很快在报纸上到处传播。妻子李哲时每天都在为丈夫着急，同时自己又不得不每天换一个住处，因为敌人也在到处追捕她这样的"共匪家属"。

4月22日一早，时任中共特科负责人的顾顺章突然出现在李哲时跟前，悄悄地对她说："你到龙华去，有个十字路口的一条马路口上空悬有一根铁丝，挂着4块铁皮方块，上面写了'文治大学'四个字。在这条马路口的右边电线杆上，你去看看贴了什么字的纸条。"

下面是罗亦农遗孀李哲时后来写的回忆她去"认尸"的悲惨现场经历：

……我当即上了黄包车，找到了文治大学那条马路口的右边电线杆，抬头一看，纸上写的是"奉蒋总司令命，共党要犯罗亦农着即枪决，淞沪警备司令钱大钧"。上面盖了方印，还有年月日字样，我木然站立好久，原来亦农昨天已……我要找刑场和遗体，我还希望这是个噩梦。

我拖着沉重的双腿，走进有文治大学的这条马路。在绵绵的细雨中，发现路的右边有个不大的草场，当中有一摊鲜红的血泊，我急忙走近一看，在血泊旁边草地上，有一根贴在竹竿上的纸标，写着"共党要犯罗亦农"几个字，还有一块雪白的折叠整齐的手巾。我的眼睛发黑，两腿一软，就昏倒了。有人把我拉起来。我才看见周围有几个老百姓。我右手插进了血泊，脱下了黑色旗袍，捡起了标签和手巾，连同衣服卷了起来，向老百姓问，你们知道尸体移到哪里去了吗？

有一位老百姓领着我向前走，在这马路右边一丛灌木林的前方有一个黄土孤坟，他对我说在这里，说完就离开了。我看到坟上有一撮青草，是新掩埋的坟。坟里是不是亦农？坟的周围没有任何标志。难道是经善堂行好事用薄木棺埋的吗？我想还是回去汇报了再来查明，就乘原车回旅馆找顾顺章，但他已不知去向，我只好回到上海美专。悲痛已极，但又不能放声大哭。

四月二十三日早上，周恩来派了在中央秘书处工作的杨庆兰来通知我，说美专危险，立刻转移住到王一知处。在王处周恩来来看我，我向中央提出要求，一要一支手枪去杀出卖罗亦农的叛徒；二要查看罗亦农是否掩埋了，如经善堂草草掩埋，那要另行安葬；三要求派我到莫斯科去学习革命理论。周恩来说信任你有决心，但你没有使用手枪的技术，万不能由你去做。处理叛徒由组织负责。其他要求不成问题，我向中央转达。不几天，杨之华大姐来把我接到她的住处去住，说秋白已去莫斯科筹开中共的六大去了，我正好陪你住几天。

我住到杨之华处不久，大概五月初，中央派了一位同志（我不曾问他的姓名），办好了棺木衣衾，带了四位工人，要我引路去龙华文治大学那条马路，找到了那个黄土新坟。我再一次查看坟的周围有无标志，仍然没有，乃叫工人刨土，移出薄木棺材，打开盖板和四周的木板，果然是亦农的遗体。

遗体已在腐化，面目肿大变形，头上有一个大洞，脑浆流到浅红色绒线背心卷成的枕头上，已生满了蛆。遗体深灰色夹袍上，还捆缚着很粗的绳子；一只右腿弯曲着，袜子上的松紧带，还是我给他买的。当时我请工人先将捆在亦农身上的绳子去掉，抬进新运去的棺木里，放进石灰。新买的衣服不能换了，盖在身上后就盖棺了，因为遗体已发恶臭，工人们不很快盖棺是受不了的。然后我们把亦农的灵柩抬到组织预先安排好的安徽会馆停厝棺木处停放。中央派来的同志告诉我，只好将亦农冒充安徽人，才能停放在这里。当时昏昏沉沉的我也没有看到棺木的头间钉了一小块木板写了什么……

　　新中国成立后，党组织几经周折，方才找回罗亦农的棺木。据地下党李强同志介绍，罗亦农牺牲后，是地下党组织找人收的尸，然后埋在荒地上，并且立了块小碑。后来是李强等人把罗亦农的棺材秘密运到了上海江湾公墓地，与苏兆征（著名工会领袖，中国共产党早期领导者之一，1929 年在上海病逝，终年四十四岁）、张锡瑗（烈士，邓小平妻子，1929 年去世，时年二十二岁）一起安葬，当时为隐去烈士的真名，所以用了"姚维常、毕觉之墓"和"张周士之墓"。

　　在罗亦农牺牲十二年后的一个日子，远在苏联伊万诺沃的国际儿童院里，一位老师指着墙上的一张照片，对一位十多岁的中国男孩说："这就是你的父亲罗亦农。他是中国共产党的重要领袖……"然后又认真地看了看男孩，感叹道："你长得真像你爸爸。"

这个中国男孩叫罗西北，这是他第一次看到自己父亲的真容，之前他只知道自己父亲是位英雄。罗西北在"四一二"后被送到父母亲的老家四川江津外婆那儿生活，被组织送到苏联后，他才知道了父亲的历史。

与此同时，在苏联念书的还有一位儿童叫赵施格。有一天他也被老师领到一面墙边，老师指着标有赵世炎名字的照片，对他说："这是你的父亲，他是中国共产党的创始人之一，在上海领导工人运动，被反动派逮捕杀害了。"

这个叫赵施格的男孩当时十三岁，他母亲夏之栩生他的时候，父亲已经牺牲，赵施格是遗腹子。

赵施格的父亲赵世炎 1927 年 7 月 2 日被逮捕。那是一个风雨交加的日子，国民党警探根据一名叛徒提供的地址，突然闯进了四川北路志安坊 190 号赵世炎秘密居住的地方。那一天，已经怀孕的妻子和丈母娘在家。敌人闯入家中后，赵世炎的妻子和丈母娘万分焦急，而就在这时，丈母娘从窗口看到办事回来的赵世炎正往家这边走，她不顾一切地冲到窗台边将一盆当作暗号的花盆推了下去。可是那天雨太大，赵世炎没有看清家里的暗号，依然往家里奔跑……

躲在家中的一群持枪的敌人，一下将其擒获。

赵世炎是 1920 年留法勤工俭学的中国优秀青年之一，也是1921 年 2 月接到国内陈独秀来信要他立即与周恩来等人组成旅欧共产主义小组的最早一批中共党员，他和周恩来、陈公培、张申府、刘清扬（张申府与刘清扬是周恩来的入党介绍人）组成的"巴黎小组"是中国共产党成立时的八个共产主义小组之一。"四一二"反革命政变的那天清晨，赵世炎在家中听到枪声，料定出事了，便立即赶赴位于湖州会馆的上海总工会，途中有逃亡的工人纠察队人员告诉他，总工会总部已被敌人占领，赵世炎马上绕过敌人视野，来到纠察队部队附近的一个联络点，与中共闸北区委书记郭伯和会面，两人决定根据急剧变化的形势，紧急组织罢工，以抵抗国民党反动势力的镇压暴行。

4 月 13 日，赵世炎和周恩来不顾敌人到处抓他们的危险，在闸北青云路召开工人声讨大会，随后数万名群众游行，去宝山路天主堂的第 26 军 2 师司令部请愿与抗议，要求立即释放被捕的工人，并交还工人纠察队的武器。已经打红眼的国民党军队早有准备，端枪就朝游行队伍扫射……那天本来天在下雨，当敌人枪响的那一刻，宝山路上顿时血流成河，上海城内最黑暗的一页从此拉开……

形势急剧变化，中共所有活动不得不转入地下。赵世炎等领导人更是面临极端严酷的考验，每时每刻都有被敌人抓捕和枪杀的可能。然而，作为中国共产党的创始人之一的赵世炎，仍然无所畏惧，继续夜以继日地工作。他在区委会上说："共产党就是战斗的党，没有战斗就没有了党。党存在一天就必须战斗一天。战斗就必然面临死亡和牺牲，这就是共产党人从事革命的命运……为了建立新中国和我们的孩子有个幸福的明天，我们可以舍去一切！"

赵世炎虽然年轻，但却是位久经考验的革命战士。他有很多传奇故事。比如有一次他去参加一个会议，发现被特务跟踪，怎么也甩不掉。正在他着急时，突然见对面走来一位与自己打扮得一模一样的青年。这个青年靠近他时悄悄说："快躲进那边饭馆，我来对付特务。"赵世炎这才发现这位青年是区委机关的夏之栩（女同志），是专门来掩护他的。脱险后的赵世炎不明白，为什么这个区委女同志会悄悄在暗地里掩护他呢？后来当了他妻子的夏之栩告诉赵世炎，她常听李大钊表扬赵世炎如何如何能干，所以心生好感，于是便有了主动暗中掩护他的"跟踪行动"。

"哈哈……太好了你！"赵世炎后来与夏之栩相恋，并结成革命伉俪。

同样才结婚没多少日子，敌人就在赵世炎家将他逮捕了。开始他们并不知道赵世炎的真实身份，奇怪的是发现他家有3万多银圆。这可是一笔不小的数目！

敌人对他施以严刑却没有获得结果，但赵世炎也是被叛徒出卖了。这 3 万元是赵世炎保管的党产，而他一家人却从未碰过这钱。敌人得知他的身份后，嘲笑他"傻到家"。赵世炎则如此回应那些见财眼开的反动派："你们怎知共产党人心里想的是什么！"

"想什么？"敌人问。

"我们想的是广大劳苦大众的幸福生活和明天有个美好的国家。"

"傻，彻底地傻了！"敌人听后狂笑起来。他们自然无法懂得共产党人崇高的追求与理想。

1927 年 7 月 19 日，在赵世炎被关押十七天后，敌人接到了刚刚得知赵世炎真实身份的蒋介石下达的即刻"就地枪决"的指令。那一天早饭开过，赵世炎就被叫出牢房。他知道这是最后的斗争时刻了，镇静地理了理身上的衣服，系好领带，扣好纽扣，像赴宴一样从容。一出牢房，他便振臂高呼"共产党万岁！""打倒反动军阀蒋介石！"等口号。刽子手们一听就急了，一阵狂叫："砍！快快拿刀砍！"

一代英豪、党的好儿子赵世炎英勇地倒下了，鲜血染红了一地……又一位才二十六周岁的忠诚革命者牺牲在上海滩。

其实，在周恩来痛失汪寿华、罗亦农、赵世炎三位重要战友的同时，1927 年 6 月底，他又失去另外几位重要战友，其中一位是新任江苏省委书记、中共中央委员、陈独秀的大儿子陈延年，他也是被敌人杀害的。陈延年牺牲的时间比赵世炎早半个来月，赵是接替陈延年出任第二任江苏省委书记的。

陈延年原是广东省委书记，蒋介石反革命集团在上海发动"四一二"反革命政变之后，中共中央机关和上海党组织被严重破坏，形势万分危急。这时在上海的周恩来向党中央请求调具有丰富斗争经验的陈延年来上海新组建的中共江苏省委任省委书记，实际上是帮助中央打开上海的政治局面。这事当然需要"老头子"同意，总书记陈独秀在党内被大家称为"老头子"，他与周恩来、瞿秋白、李立三等领导相比，是绝对的"老头子"辈分。在陈延年来上海之前，还没有中共江苏省委，中共中央在上海的下属组织叫上海区委，统辖江浙两省和上海市区的党的工作。1927年中共中央政治局在武汉通过了《中国共产党第三次修正章程决议》，就刚刚闭幕的中共五大提出的"按行政区域"建立各地省委的提案做出了具体规定。随后撤销了上海区委，江浙两省分别建立省委，上海市区的党组织也隶属中共江苏省委领导。当时，中央派遣中央秘书厅主任王若飞从武汉到上海组建江苏省委。选择陈延年，中共中央毫无疑问是非常慎重的，陈延年既是能力很强的广东省委书记，又是总书记陈独秀的大儿子，且江苏省委当时在党内所处的地位，肯定也是特别重要的一个"省份"，因为党中央机关所在地就在上海，江苏省委其实相当于中共中央的执行机构，管的地区也是当时中国共产党的主要区域。同时，上海又是蒋介石疯狂对付中国共产党的关键点和最核心的地方。所以，江苏省委书记的角色由陈延年担任，可见中央的考虑并非一般。

1927年6月26日，王若飞带着陈延年等5名新任命的江苏省委常委，到上海虹口区施高塔路恒丰里104号（今山阴路恒丰里90号）省委秘密据点宣布任命通知。这个地方，现在还保留了原貌。那天我专门到这个里弄去参观，不想进恒丰里弄时，弄口的一扇小窗口里突然探出一个人头，声音低沉而严肃地问我："干什么？"

我吓了一跳，赶紧回答："到里面看看……"

"有啥看的？"

"我看江苏省委旧址。"

"你是干什么的？"那人打量起了我来。

"作家，准备写上海地下党革命史……"

那门卫对我的回答似乎仍然有些不太满意，但好像又觉得不该不让我进里弄，所以也不再说话，把头缩了回去。

惊魂落定之后的我，无奈中一声叹息，自言自语道：还真像"地下工作"……

这里确实非常适合做地下工作，一般人不容易找得到。江苏省委老办公处其实就是在里面的两间小阁楼上，位置比较隐秘。

1927 年 6 月 26 日上午，王若飞和陈延年等新任的江苏省委领导一起来到这个弄堂内开会，这也是中共江苏省委第一次正式会议。在会议期间，获悉经常到省委机关送信的交通员被捕了，王若飞非常警惕，快速讲完话后，便宣布了会议结束。

下午 3 点左右，新任省委书记陈延年因为担心省委机关的安全，就和省委其他负责人郭伯和、黄竞西及省委秘书长韩步先等回到恒丰里，几个人先在外面观察了一下，似乎没有任何动静，便进了省委机关的 104 号两层小楼，开始在上面讨论和研究起工作来。可就在之后半小时左右，突然来了一批反动军警，将弄堂口和 104 号两层楼的里里外外团团包围住。

"快跳窗！"陈延年为了掩护其他同志脱险，自己搬起桌椅做武器，与冲入房内的敌人展开搏斗……最后因寡不敌众不幸被捕。

陈独秀的儿子被捕了，这在中共和国民党方面都是"惊天新闻"！中共组织和陈独秀的好友都在努力营救，然而蒋介石的条件十分苛刻：既要陈延年"脱党"，更要陈独秀低头。这两个条件对陈氏父子而言，是根本不可能的事。

7 月 4 日，陈延年被敌人秘密杀害于上海龙华刑场，时年二十八岁。

与陈延年一起牺牲的是同时被捕的江苏省委常委郭伯和和黄竞西，秘书长韩步先成了可耻的叛徒。这位姓韩的家伙，不仅出卖了陈延年等，还出卖了下一届江苏省委负责人。郭伯和和黄竞西都是中共早期重要的领导人。郭伯和是四川人，1921年从老家到上海参加革命，后来在邓中夏、瞿秋白等中共骨干领导下的上海大学任学生会主席，是上海学生罢课和工人罢工的主要领导人。他与陈延年等一起被捕，一个月后被枪杀在龙华监狱，时年二十七岁。黄竞西比陈延年大两岁，江苏江都人，这位商人出身的革命者，早先参加了国民党，后来在恽代英和刘重民的介绍下加入了中国共产党。国共合作时期的1925年，黄竞西被推荐为国民党江苏省部执委后，罗亦农调他到上海工作。上海工人第三次武装起义前，黄竞西不顾反动军警在大街上乱杀行人的危险，装扮成商人，带着装成阔太太的妻子，经常利用自己驾的小汽车或黄包车来运送武器和弹药，因此他被同志们称为"地下运输队长"。1927年4月初，他冒着极大风险跟着侯绍裘到了南京，从事没有公开身份的地下工作。"四一〇"惨案发生前，侯绍裘委托黄竞西回上海向党组织报告南京形势。回到上海的黄竞西，赶上"四一二"大屠杀。根据党的指示，由他代替已经牺牲的侯绍裘，主持重组的国民党江苏党部工作。那是一段腥风血雨的日子，黄竞西带着妻子、孩子和陈延年一家住在一起，两家亲密无间。怀有共同的理想，身为同一条战壕里的战友，他们于是也有了同一天被捕和同一天遇害的经历。据后来敌军警说，当时他们在抓捕陈延年、郭伯和与黄竞西时，三人与敌军警拼杀了一个多小时，最后在筋疲力尽、头破血流的情况下才被捕了。狱中的黄竞西，任凭诱惑和严刑拷打，始终没有动摇他坚守的革命信仰。6月29日晚，黄竞西在肮脏昏暗的牢房里，给爱妻、母亲和同志们写下遗书说："我终觉得死于今，比死于昔，使人们可觉悟中国是需要继续革命的，我之死也无遗恨"，"……死是一快乐事，尤其是为革命的"，望同志们"继续前进，万勿灰心"。

陈延年、郭伯和、黄竞西都是党早期的重要干部，牺牲时不仅还年轻，而且都表现了真正革命者的本色和气概，令敌人胆寒。

让我们感到异常惋惜的是，时隔不到一年，陈延年的弟弟——二十六岁的中共中央委员陈乔年，也在中共江苏省委组织部长岗位上，被叛徒出卖而英勇牺牲……这是中共历史上少有的悲剧，也是大革命失败之后，中国共产党所经历的一段最黑暗的岁月。而且这样的悲剧，竟出在党的总书记陈独秀身上，令人唏嘘！

陈乔年比哥哥陈延年小两岁，也是陈独秀比较喜欢的小儿子，十三岁时跟着哥哥到了上海。陈独秀对自己的儿子要求特别严格，不让他们在自己身边"享受"，赶着他们到大街上去打工。哥哥陈延年带着弟弟吃尽人间苦水，直到两兄弟后来被组织上分别送到法国和俄国学习，才算结束了流浪生涯。1925年，兄弟俩奉命回国，一个被分配到南方的广州工作，一个到了北平从事革命。而在"四一二"反革命政变后，我党形势极其危急时刻，他们先后被调到上海，哪知在短短十多个月里，两位我党杰出的年轻领导者、一对亲兄弟先后被敌人残杀……

这悲剧让陈独秀悲痛欲绝。然而作为党的总书记，他还在党内不停的争执中，左右摇摆地领导着这个弱小的党，与蒋介石反革命集团进行着血腥的战斗。

这时的陈独秀处境异常艰难，而党面临的形势更加风云莫测，危途叠叠。那些日子里，党的总书记陈独秀每天接到的来自全国各地的"报告"，基本上都是一串串长长的他熟悉的同志和战友的死亡名单。其中有他的儿子，有他的亲密战友，有他甚至不认识的工友和农友。当然，最令陈独秀痛心的是失去了与他一起建党的李大钊，而且李大钊比多数同志牺牲得还早些，他是在1927年4月6日被奉系军阀张作霖勾结帝国主义所杀害的。与李大钊一起在北京被处以绞刑的还有另外19名革命者，中共在北京地区的党员负责人几乎被来了个"一窝端"。据说，蒋介石在南京听到了这个消息一阵兴奋，说："你看看，张作霖帮了我们大忙！"当然，他也听到了另一个声音："不能因为反动派今天绞死了我，就绞死了伟大的共产主义。共产主义在中国必然得到光辉的胜利！"这是李大钊在刑场前的慷慨陈词。

身为父亲和党的总书记，陈独秀在那段时间里经受的痛苦，他人难以感受。而作为另一位在上海一线工作的中共中央负责人周恩来，当时饱受的痛苦和悲伤，同样也常常让他痛哭不已。并非周恩来多愁善感，而是往日与他并肩战斗的一个又一个党的重要领导人接二连三地牺牲了。有老同志回忆说，那时周恩来常常前一天刚为一名战友安置好后事，第二天又接到另一位重要领导牺牲的噩耗，"他的眼睛哭得红肿红肿的……"党内同志说。

"四一二"反革命政变后的上海滩，简直就是残害共产党人的屠场。1928 年 6 月 6 日那天，被枪杀的除了二十六岁的中共高级干部陈乔年，还有周恩来指挥上海第三次武装起义的两位得力干将，他们分别是二十五岁的江苏省委常委、曾任上海总工会委员长的郑覆他，三十二岁的中共二大和五大代表、中央监察委员、著名工会领袖许白昊。

1927 年，是中国革命史上一个特别值得铭记的年份。那一年蒋介石背叛革命，在上海制造"四一二"惨案之后的 4 月 13 至 15 日三天之内，据统计，有 300 人被杀，500 多人被捕，5000 多人下落不明……而在之后的一年多里，上海到底死了多少共产党人和革命者，至今仍然没有一个完整的数字。我在中共上海党史办编著的《上海英烈传》中能够找到有名有姓的至少有几百位，而他们多数是与周恩来等并肩战斗的"大人物"，普通党员和一般革命者呢？

只能去叩问苏州河和黄浦江。

黄浦江与苏州河呜咽地告诉我：那些日子，它们的身子也被革命烈士的鲜血染红了，血红的水常常连上潮落潮都卷不走……

血流成河是毫不夸张的说法。

今天我们才知道，当时的蒋介石和他的反革命集团为了掩盖其丑恶的罪行，还装模作样地假借"法庭"和"教化"等反革命假面具，将许多重要的"政治犯"、共产党人与革命者，押解到南京，或在监狱里折磨他们、诱惑他们，甚至用死亡和狱刑威迫与软化他们，企图以此来摧毁共产党人和革命者的意志与信仰。然而蒋介石反动派他们错了，正如一位烈士所说："共产主义信仰是杀不掉的，革命者是杀不完的，雨花台的血，只能让我们的继承者更加坚定地推翻反动统治、打倒蒋家王朝……"

因为敌人的疯狂，雨花台的"主义"之花，才怒放得更加惊艳和动人。

第四章

1928 年的秋风特别肃杀

　　"杀！宁可错杀一千，也绝不能漏掉一个共产党！"这是 1927 年"四一〇"惨案、"四一二"反革命政变后蒋介石向国民党反动集团发出的指令。

　　1927 年的南京、上海、广州等全国凡有共产党人活动的地方，国民党反动派高举着血淋淋的屠刀，到处追杀共产党人和革命者，一时间黑云压阵，血腥满地。中国共产党和革命运动遇到了前所未有的困难。反动派的暴行每天都在升级，都在破坏革命阵营，形势万分危急。

　　1927 年 4 月 18 日，蒋介石在南京正式宣布成立国民政府，定都南京。上海此时也同时被宣布为"直辖市"，归南京政府"直管"。实际上蒋介石通过这种"直管"，一是为了牢牢控制中国第一大城市，二是达到直接指挥"捣毁中共老巢"的目的。此后的南京城，革命形势急转直下，中国共产党组织和革命力量屡受挫折。

在"四一〇"惨案发生后，中共南京市委被敌人"一窝端"后，6月，组织上又派黄逸峰出任南京市委书记，而就在当月的29日，团市委在鼓楼一个旅社秘密据点开会，结果引起敌军警注意，团市委书记刘竹贤等被捕，敌人在搜捕中发现了中共南京市委机关所在地高家酒馆的地址。7月5日，包括市委书记黄逸峰在内的5名领导及家属全部被捕，后敌人抓捕了十余名地委机关党员，至此，中共南京市委第二次被彻底破坏。

"我们不能这样被敌人斩尽杀绝呀！"浦镇铁路工人党员买雨田听到消息后，悲愤欲绝，对几位工人纠察队同事说。

"是，为什么敌人总占便宜，我们就不能主动出击，去挖他们的心脏吗？"有人这样提醒买雨田。

"对啊！敌强我弱时，他们步步紧逼，追杀我们，让我们好像没有还手之力似的。这样下去的结果肯定没出路。要不这样……"买雨田把自己的想法跟几位工友一说。

大家纷纷称道："好！这个办法好！"

买雨田说的"好办法"后来我们从南京工运史上都知道了：他带着十几个纠察队出身的工友，在向组织报告后，打入了敌人阵营，参加了北伐军铁道队。买雨田利用自己当排长和进入敌人军队的机会，积极配合我党地下工作，有力地威慑了敌人。可惜的是，在这年 8 月 17 日，他和战友们被叛徒出卖，牺牲在敌人的枪弹之下。

与买雨田牺牲时间差不多的另一位烈士叫胡秉铎，当时任国民革命军第一师政治部主任。胡秉铎牺牲在南京，是被蒋介石残忍杀害的一位优秀共产党员。我们无法设想，如果胡秉铎没有被敌人发现，他在敌营高位上不知要为我党我军做出多大的贡献啊！即使如此，1927 年的大革命关键时刻，他以非凡的勇气，在眼看蒋介石到达南京后不断地耍阴谋，对中国共产党人和所掌握的军事力量进行清洗的紧急关头，胡秉铎以他在国民革命军的上层关系，及时将情报传递给了蒋介石准备实施清洗的对象——萧劲光任党代表的革命军事力量的北伐革命军第二军第六师。随后该师在胡秉铎的帮助下，迅速完整地保留了实力，将部队开往了湖北，从而挫败了蒋介石的阴谋。

胡秉铎不仅拯救了革命军第六师，更重要的是还在危急时刻救下了后来中华人民共和国的一名海军大将——萧劲光。

1955 年，萧劲光被授予大将军衔，后长期担任海军司令员兼国防部副部长。而他的革命生涯中，1927 年在南京蒋介石的"狼窝"里死里逃生的传奇一幕，就是胡秉铎救下的一命。

萧劲光的南京脱险经历步步惊险！而正是胡秉铎的情报提供

得及时，才让这位中共杰出的军事人才得以安全脱险，之后的中华人民共和国才有了一位海军司令员。

蒋介石之所以恨透了胡秉铎，就是这个理：因这胡秉铎是他的黄埔军校学生，却在关键时刻，帮了"倒忙"，放走了一只"虎"，还带走了一支部队。故而在抓捕胡秉铎之后，对其使用了惨无人道的极刑……

胡秉铎的突然牺牲，对中国共产党也是一个巨大的打击。1927年4月25日中共上海区委主席团会议纪要这样记载："南京消息，胡秉铎被杀"，"胡很有能力，此次被杀，很是可惜"。关于胡秉铎牺牲的情报和消息是周恩来在这个会议上通报的。

新中国成立之初出版的《革命烈士传记资料》关于"胡秉铎事略"一段这样记述：

　　胡君秉铎，贵州人也。广东黄埔军官学校第二期毕业生。曾任《青年军人》周刊总编辑。卒业后，充国民革命军第一军司令部秘书兼第一师政治部主任。他是中国共产党党员。他的意志坚强，思想精密，从不为敌人所屈服。但因他努力革命工作的缘故，致被他的母校教务长何应钦派人将他刺死。死时咽喉被缚，生殖器被割去，呜呼惨矣！

无法想象曾经的胡秉铎的"老师"和"校长"，却因为信仰不同而出此残忍之策对付一位仅有二十五岁的年轻革命军人，悲也！愤也！

胡秉铎是黄埔军校第二期步兵科的学员，他是在邓中夏的介绍下以第一名的成绩考上黄埔军校的。

这位从小有过良好教育的贵州学子，在"五四"运动的影响下，就立下济世拯民的志向。1924年，胡秉铎到上海投奔革命，创办《贵州青年》。萧楚女阅读《贵州青年》后，曾热情洋溢地赞扬它是"贵州人为了贵州前途而办的"。因为创办《贵州青年》的进步思想和影响，所以邓中夏介绍胡秉铎考黄埔军校。

走上革命军人的道路之后，胡秉铎如鱼得水，尤其在认识黄埔军校政治部主任周恩来之后，他的觉悟和视野迅速宽广和深刻。在由周恩来发起成立的黄埔军校革命青年军人联合会中，胡秉铎是积极分子和骨干，他与后来都成为中国共产党优秀领导者的王一飞、蒋先云等一起担任该青年军人团体的领导和组织者。这个组织其实就是共产党领导的团结黄埔军校青年军人的平台，许多进步青年军人后来成了中国共产党党员，并为创建人民革命军队做出了卓越贡献。

1925年，黄埔军校组织讨伐陈炯明叛军战役，黄埔军校学生队担任先锋，胡秉铎初次参加实战，便立下功勋。当年 9 月，他毕业后以见习军官身份，参加了国民革命军第二次东征，平定滇、桂军阀的叛乱，在惠州战斗中再立新功。

1926 年 3 月，中共两广区委为进一步加强统战工作，决定团结滇、桂军中的青年军人，成立了"西南革命同志会"。在成立大会那天，当时名噪一时的右派组织"孙文主义学会"头目，带人过去捣乱，甚至在现场拔枪对准会议的主持人。在千钧一发之际，胡秉铎一个箭步冲过去，一把夺过对方的手枪，而后用枪对准那人的胸膛，大声怒斥："谁要敢动手，我就毙了他！"就这样，一场惊心动魄的险境化解，胡秉铎也从此威名远播。

1926 年北伐革命开始，胡秉铎先后担任东路军总指挥部第一科科长和第一师政治部主任。北伐革命军到达南京城之后，蒋介石开始篡夺革命果实，暗中策划对付中国共产党的军事行动，其中一招就是排斥攻打南京城的中共领导的功勋部队。萧劲光所在的第二军第六师就是其中的主力部队之一。当胡秉铎从国民党内部得知这一紧急情报后，立即想法通知到了萧劲光那里，告诉他"人不离队，师部不能驻南京"。萧劲光部立即行动，撤离虎口南京，从而为我党保留了一支革命武装力量。

蒋介石为此气急败坏。一日，胡秉铎在参加党的一个秘密会议时，有人向何应钦告密，胡秉铎不幸被捕。

"你是老黄埔的，校长和我非常看重你，别跟共产党瞎胡闹。留在我们这边，还怕日后没有你的官当？"何应钦软硬兼施来劝降。

胡秉铎视死如归，根本不听"老师"的话。

"敬酒不吃吃罚酒！"蒋介石知道后大怒，随即下达"执行"命令。

临牺牲之前，胡秉铎给父亲深情地写道："儿已失去自由，望家中不必挂念。干革命总是要死难的，为布尔什维克而死，虽死犹荣。"

胡秉铎牺牲之后，中共中央机关刊物《布尔什维克》刊载战友的悼念文章这样说：

　　……他确是一位富贵不能移（淫）威武不能屈的无产阶级的革命先锋。我现在每逢想起他的两道剑眉一双俊眼，和他的清新的头脑，潇洒的胸襟，我便牙关不觉咬紧双目不禁火迸。我要问秉铎同志为何死了，他实是中国不可死的青年呵！然而他竟因革命被人刺杀死了，死状极惨，咽喉被人格住，小便被人扭裂，他死于他的黄埔军官学校校长手里，死于富有感情的东方人蒋介石手里——蒋氏在南昌一次讲演中说东方人是有感情的，意思是说西欧人无感情——他死于他的同乡教育长何应钦手里，他死于反革命的中国国民党手里。这班狗强盗恶贼任意残杀中国的革命青年为国际帝国主义者张目，试问你们的心肝何在！秉铎同志！你死了，我未尝哭你，我想人死而有知，你在九泉之下亦必不要我哭你，因为你生时说过，我们死，死则死于反革命手里方痛快，我们生，生则生于同志们中间才美善。你在有这样的见地总可为革命努力置死生于度外。然而你真太重感情了，你以为蒋介石何应钦等都能共生死能革命，当蒋介石反动开始的时候，你竟不走开。唉！也许你当时亦走开不了，因你已经被何应钦软禁了。亲爱的秉铎呵！你死的也好，因为你的死促起了青年们的觉悟不少，使反革命的丑态益加显露了，蒋介石汪精卫及其他所谓革命前辈，总之，国民党全体统反动了，脱离了革命的战线去找所谓忠实的同志土豪，劣绅，军阀官僚了。他们不但实行拍卖革命与帝国主义妥协，而且一个个领袖在死去的烈士尸身上血泊中结婚道喜摆酒接风呵！帝国主义者的中国区域即是他们的安乐窝，他们现在还催着青年去上战场谋巩固他们的终身利益。秉铎呵！你死如有知，对此将何如呢！我们的怒火发炎了，我们准备杀反动派，因为杀国贼比杀帝国主义者尤重要呵！然而死去的同志！

你脱离了这恶浊的世界，你可以安眠了，革命的精神必
因你而更强大，革命的事业必因你而日推进，我们未死
者誓为你报仇，负起创造新人类的责任。

胡秉铎牺牲时年仅二十五岁。如今他的遗像和名字一直列在
雨花台革命烈士纪念馆内，虽然并不那么醒目，然而他在我的心
目中，形象异常高大。

因为我一直在想，1927 年的他，才二十五岁，已经是师政治
部主任。像胡秉铎这样年轻而杰出的才俊的牺牲，是中国共产党
和中国革命的重大损失。

蒋介石发动的"四一〇"惨案、"四一二"反革命政变，造成
中国共产党和中国革命的类似胡秉铎这样的重大损失何止一个两
个，而是成百上千。那段岁月里，屡受摧毁性打击的中共江苏省
委和南京市委，可谓每一时、每一天，都处在风雨激荡之中……

1927 年 10 月，中共江苏省委派吴雨铭重新组建第三届南京市
委，与此同时也成立了共青团新的南京市委，何瑞林任书记。不
到两个月后的这年年底，中共南京市委召开第一次代表大会，选
举新一届的市委领导成员，吴雨铭继续担任书记，另一位后在雨
花台烈士史册上留下光辉名字的孙津川同志受党的委派，进入市
委班子。3 个月后，吴雨铭当了省委巡视员，后来背叛革命，孙津

川正式出任市委书记。共青团南京市委也同时更换了书记，史砚芬任书记。不曾想到的是，这两位新任的党团书记，都在履职不到几个月就被敌人杀害，成为了雨花台的烈士。

孙津川在南京雨花台烈士中具有很大的代表性，每次去烈士纪念馆，讲解员总是会很认真地重点介绍，这是因为孙津川不仅是中共南京市委第三任牺牲的书记，而且在雨花台烈士中也算是"老资格"了。1950年，新中国成立后的第一个清明节，当时孙津川的母亲就带着自己的孙女（孙津川女儿）应邀出席南京各界人民代表凭吊雨花台烈士大会。孙津川十四岁的女儿孙以智作为第一批中国少年先锋队队员，上台讲述了其父亲的英勇事迹。之后的几十年里，孙以智一直是义务烈士事迹宣传员，在全国各地巡回讲演。

南京人都知道，在大报恩寺附近，是旧金陵制造局，也就是中国近代兵工厂的发源地之一。孙津川在金陵制造局当童工，而这也在一定程度上奠定了他作为一名出色的工人代表和中国工运领袖的基础。

1909年，仅十岁的少年孙津川听说父亲要到南京去，他便跟在父亲的后面，开始了他一生的工人阶级的革命人生。

金陵制造局那时也招童工，十四岁的孙津川拉着十二岁的弟弟一起进了那个又高又大的厂子，初始时虽只有饭钱，但童心让兄弟俩充满着对机器的好奇……

日久天长，孙津川的好奇心渐失，开始有了自己的想法：为啥拼死拼活地干，总不能涨工资，肚子也填不饱。加上时势不断变化，清朝灭了，辛亥革命成功了。孙津川要走了，想去上海闯荡。

十七岁那年，孙津川在上海徐家汇的一家叫"兴发机器厂"的工厂干活，与金陵制造局相比，这简直就是一个小作坊而已，但"天下乌鸦一般黑"的滋味让孙津川尝够了。

二十二岁那年，俄国爆发了"十月革命"，那时的上海媒体很活跃，各种"小道消息""大道新闻"比比皆是。孙津川从"看热门"到成"书虫"，尤其是《新青年》《民国日报》等进步报刊，让他大开眼界，原来工人不是天生的穷人，穷人是可以翻身做主的，这一个个革命道理让孙津川感觉到想"干点正经事"的冲动。一次，资本家不愿为受伤的一名工友治伤，孙津川愤怒地站出来责问厂老板，几次三番力争后，在孙津川的努力下，厂方竟然同意支付了相关费用，那工友的伤也获得了救治。可是孙津川的饭碗却丢了。

无奈，孙津川只得"告老还乡"回南京。工友们准备了几个小菜为他饯行，孙津川很感动，将身上的一块银圆掏出来塞给了那位仍在养伤的工友。

孙津川在工友中的威望就是这样慢慢树立起来的，他讲义气，做事有板有眼，更重要的是他有一颗帮助大伙的心，以及对资本家、黑暗的社会有天然的仇视。

"五四"运动爆发后，上海等大城市的学潮风起云涌，随即工潮掀起……这个时候不少工厂工荒，一位在上海的工友专程到南京邀孙津川到上海大中华纱厂工作。

大中华纱厂是民族资本家聂云台创办的，地处上海市郊的吴淞镇。此地虽偏远，但当时已经有几个大厂在那里，从某种意义上讲，这里也是上海工人运动的重要策源地之一，而孙津川的到来，无疑为这个策源地的形成，产生了助力，因为他的家就安落在吴淞镇的张华浜的赵家宅 2 号，这里后来成了中国共产党谋划上海工人第三次武装起义和其他多次革命重要活动的"司令部"。周恩来曾在孙家住过多次，李立三、刘少奇更没有少住，原因是此处离市区较远、偏僻，不易被敌人发现；而且孙津川可靠，工人朋友又多，安全。

吴淞镇在孙津川到来的前后，是一片很大的滩地，这里除了有大中华和吴淞机厂几个大厂子外，来上海打工的外地工人有很多自己在此搭建简易棚落户于此，所以慢慢形成了吴淞镇工人棚户区。穷苦人在一起，相互关照，形成一股强大的力量，外力很难侵入。孙津川在大中华纱厂待了一段时间后，由于他是金陵制造局的机器能手，所以后来进了吴淞机厂，那里的用武之处让他在工人中更加有了地位和威望，主要是他的为人和能力让人敬服。最根本的是，在这个时候，他遇见了中国共产党——1923 年，一位叫徐梅坤的上海早期共产党人来到吴淞机厂发动工人革命运动，孙津川便成了他首先发现的积极分子，俩人一谈就是通宵。

"你好好看看这本《向导》，它上面讲了我们工人为什么受苦，应该如何摆脱苦难的道理……"徐梅坤把一本新出版的进步读物给了孙津川。

从此，孙津川不再是一个朴素只会讲义气的"工友大哥"，渐渐成了还能给大伙讲些革命道理和配合党组织行动的先进工人代表。随着革命浪潮的迅猛发展，上海的工人运动在中国共产党的领导下，此起彼伏。吴淞镇和吴淞机厂成为重要的工运之地。一日，中共工运的又一位重要领导人来找孙津川，他就是后来任中共中央政治局候补委员的王荷波。在南京时，孙津川就听说过曾在浦镇机厂领导工人罢工的王荷波的大名，王荷波也是南京地区第一个中共组织的创始人，所以一听说"王大哥"来到上海，孙津川格外兴奋。

"只要大哥说一声，我和厂里的工友们，都听你的！"孙津川急切地握住王荷波的双手，有些摩拳擦掌了。

"不急，对付资本家和帝国主义，我们眼下最重要的事是把工人们发动起来，而要把工人发动起来，首先要让他们明白革命道理。因此，我们第一步把厂里的工会建立起来，再通过工会办夜校、办俱乐部，让工友们参加进来，然后形成我们自己的战斗力量……"王荷波一一教导孙津川如何做。

"我懂了！"孙津川的眼睛一亮，说，"今夜我就去联系其他工友……"

在孙津川的"跑腿"下，吴淞机厂的 14 位工友参加了工会，而后又在厂里建起了工人俱乐部。中国工运领导人李立三亲自任这个俱乐部的主任，吴淞机厂的工人革命由此熊熊燃烧起来，而孙津川也由此成了这上海工人运动的重要策源地的一束格外醒目的烈焰……

1925 年，是中国工人运动载入史册的年份。帝国主义对中国工人的压迫，酿成了"五卅"惨案，随即上海的工人大罢工和全国性的工人罢工，使得这一年的工人运动一浪高过一浪。在这其中，无产阶级和中国共产党获得了斗争锻炼和迅速成长。孙津川在这一年加入了中国共产党，并且被中共领导的全国铁路总工会任命为沪宁铁路特别员，秘密领导华东地区铁路工人运动。这年 9 月 5 日，沪宁铁路工会在吴淞机厂成立，上海工人革命又多了一个重要方面军。当时的上海，外与帝国主义斗争，主要是与洋人的租界和洋人资本家斗争，对内则主要是与北洋军阀政府斗争，而铁路与铁道则是很重要的命脉，谁掌握了铁道与铁路，从某种意义上讲，就可以扼住统治上海市区的命脉，所以孙津川领导的沪宁铁路工会具有特殊的战略意义。

北伐革命开始，中国共产党为配合这场从广州兵分三路的讨伐北洋腐朽旧政府的革命运动，积极在上海策划武装起义，并由中共重要负责人赵世炎领导。他的第一次发动点就是铁路工人，而孙津川的沪宁铁路工会便成了最早投入武装起义的队伍。10月20日，孙津川带着6位工人骨干，搭乘从上海到镇江的火车，在次日早晨开始对北洋政府的"大动脉"——沪宁铁路实施破坏……随即，沪宁铁道上，连续三天火车中断，军阀孙传芳部气急败坏，又无可奈何。上海工人武装起义原定在10月23日凌晨，以黄浦江上军舰的炮声为信号，然而由于准备参加起义的钮永建部队泄密，淞沪警察厅有了防范，致使起义信号迟迟没有发出，结果第一次工人武装起义宣告失败。但孙津川领导的铁路工人实现了"断运沪宁铁道线三天"的任务。赵世炎在中共上海区委各部委书记临时联席会上高度赞扬孙津川他们的行动。

第二次武装起义前夕，孙津川被推荐为全国铁路工人代表，出席武汉全国铁路总工会第四次大会。在武汉参加会议期间，孙津川从报纸得知上海将再次组织武装起义，他再也坐不住了。会议结束当天，他和另一位代表踌躇满志地起程返沪，哪知还没回到上海，第二次武装起义便又失败了。

　　1926 年年底，连续两次武装起义失败后，中共中央从广州调周恩来到上海，领导第三次武装起义。在上海，周恩来曾经直接向孙津川布置过任务。

　　上海滩上，孙津川和他的工人纠察队威震黄浦江两岸，而蒋介石及其反革命集团盯上的也是这位工人领袖以及他带领的越来越壮大的武装队伍。"四一二"前后，孙津川及其工人纠察队饱受反革命政变后的反动派的追杀与诱骗。无数工友和战友，被残杀，甚至被弃尸街头。孙津川本人屡次身陷危境，也就在这时，他被任命为南京市委书记，重组连遭敌人毁灭性破坏的南京党组织和共青团组织……

　　1928 年的春节，是中国农历的"龙年"。那一天，大雪纷飞的南京城秦淮河边，孙津川坐在雪地上痛哭了一场，因为前一晚，他听到了自己敬仰的老领导王荷波在北京被害的消息。王荷波是江苏工运和南京地区党组织的创始人，又是孙津川多年的上级，而且王荷波的弟弟王警东还是孙津川的入党介绍人。此时的孙津川，最想知道的是王荷波一家的安危，他知道他们还都在南京。

　　"必须尽快找到他们！"孙津川在雪地里留下一串串长长的脚印……

　　不知过去多少时间，孙津川和另外一位同志终于在一个旧城墙边的两间漏着风的茅草棚内找到了王荷波一家人。那情景让孙津川再次落泪：王荷波的妻子带着两个幼女，围坐在一块很小很小的祭牌前，低泣着——她们不敢哭出声，生怕国民党的军警找上门，连可怜的祭牌都不让摆。

"大嫂、孩子们，我孙津川只要有口气，一定要为大哥报仇！"孙津川擦着泪水，对王家人说。

然而，南京的形势之严峻，远远超出了想象。除了敌人的凶恶，党内部的情况也异常复杂。不少信仰不坚定的党团员此时纷纷脱离组织，留下来的人也不尽纯洁。怎么办？

"队伍纯洁是第一位的，否则，就不能形成战斗力，根本无法与敌人做斗争。"孙津川坚持认为必须重新登记党团员的组织关系。

于是也有了南京市委一年中召开两次代表大会的情况。纯洁组织后的南京市委和共青团组织，吸收了一批优秀党员，比如史砚芬、王崇典等被推荐到了市委、团委领导岗位，成为孙津川工作上的有力助手。在孙津川呕心沥血的努力工作下，原本基本成了"一盘散沙"的中共南京党组织，发展党员达到了240人，建立支部10个和党小组41个。史砚芬任书记的团市委的青年工作也卓有成效。

1928年6月18日至7月11日，中国共产党第六次全国代表大会在莫斯科召开。孙津川虽未出席，但却被推选为中央审查委员会的三名委员之一，负责人为刘少奇。

　　"同志们，党的六大系统总结了大革命以来的经验教训，批判了右倾机会主义和'左'倾盲动主义的错误，明确了新时期革命的性质和任务。现在，我们南京市的党的组织工作重心，仍然要放在发动群众、觉悟群众，揭露蒋介石反动集团的本质，唤起民众对腐朽统治的斗争精神，从而实现推翻反动统治、建立新的人民共和国的目标……"这是一个仲夏的夜晚，孙津川正乘坐从上海开往南京的列车，他靠在座位上，装着闭眼养神，实际上在酝酿向市委班子传达党的六大精神的发言稿。这一天晚上，按照预定的安排，将在下关大江街58号的一位地下党员家开会。不料由于一名叛徒的出卖，敌人早已将这位党员的家团团围困……

　　按照常规，参加会议的人中最后到场的是孙津川，这是为了安全起见。但是，这一天阴暗的夜晚下，孙津川穿过一条弄堂后，抬头远远朝会议地址望去，不由大吃一惊：按规定，凡平安无事时，门窗必须敞开，门外还得坐着一个人。可今天不一样，门是开着的，门口也坐着人，但窗户却是关着的。

　　不好！情况有变！孙津川意识到，会场可能出问题了！凭借着长期的地下工作经验和高度警惕，他立即朝一个方向走开……刚走几步，突然想到身上带有党的机密材料，于是便佯装系鞋带，蹲下身子，而后从口袋里掏出机密材料，揉成纸团后又捡起一块石子，与纸团裹在一起，见路边有口水井，便随手扔在井内。

"不许动！"就在孙津川不慌不忙地站起身的那一瞬间，黑暗中四个身影突然将其围住，然后四支短枪顶住了他的胸前胸后。

孙津川不幸被捕。

"说，你是共产党的什么官？"敌警察局里，审问开始。

"我是一名工人，不是共产党，更不是什么官。"孙津川知道敌人还不明他的身份。

"我看你就不像工人，老实交代吧！"

"你不信可带我到机器厂，我当场给你看看我的手艺……"孙津川说。

"少来这一套！你们共产党不都是从工人里培养出来的嘛！"敌审问官不屑一顾地朝一位小警察使了个眼色。这时，另一间屋里出来一位孙津川熟悉的人——坏了，他叛变了！

孙津川马上意识到敌人的阴谋，果不其然，那个叫王汇伯的叛徒当场指认孙津川是他们南京市委书记。"无耻叛徒！"孙津川的一口口水喷向王汇伯脸上。

敌人狂笑着说："孙大书记，你就把手下的名单告诉我们，你也用不着受罪了不是？"

孙津川怒斥："呸！你们想得美！"

"看你的骨头有多硬！"恼怒的敌人开始用皮鞭和烧红的烙铁给孙津川施刑，然而他们怎么也想不到这个共产党的市委书记那么铁骨铮铮、宁死不屈。

作为"重大案件"之要犯，孙津川被关在国民党宪兵司令部监狱。无数次重刑之下，孙津川依然对党的秘密一字不吐，敌人气急败坏，又无可奈何。

突然有一天，刚刚被动刑的孙津川睁开眼睛时，发现自己的母亲就在牢房门口的小窗户边。

"妈，你怎么来的？"孙津川警惕而吃惊地问。

母亲含着眼泪，说："是托了人混进来的。"

孙津川连忙告诉她："快走吧，别让敌人发现。"

母亲想走又不忍走，问："他们会放你出去吗？"

孙津川为母亲抹了一把眼泪，轻声说："妈，古人说，忠孝难两全。我参加革命后就发誓要忠诚党、忠诚革命，不能当叛变的坏人，所以我是准备他们不放我的。你要自己保护好身体，还有弟弟……"

母亲朝儿子摆摆手，泪水再度纵横，说："我知道，你不用说了……"

"他的母亲来了？！太好太好！这回有法子让他开口了！"敌人很快也知道了孙津川母子见面的事，于是如此这般"设计"了一番。

"妈，你怎么又来了？"第二天，孙津川发现母亲手提竹篮，又出现在他的牢门口，不由吃惊不已。

母亲说："是他们跟我说，可以送点东西给你吃……"母亲一边说，一边把竹篮里带的几个梨子和食品递到牢内。然后她说："他们是想让我来劝劝你，让你别再跟共产党走。我跟他们说，我老太婆不懂啥政治，儿子有自己的想法，你们让我看看他，我就天天来……"

孙津川看着两鬓斑白的母亲，心酸地掉下眼泪。然后他抬起头，对母亲说："妈，我小时候你就告诉我，做事说话，得一是一，二是二，不能变心。我举了红旗，就不能再举白旗。你说是不是？"

母亲点点头，说："我知道你……"说着，眼泪再度夺眶而出。

敌人使尽各种办法，企图让孙津川"软化"，可这位优秀的南京市委书记，就是软硬不吃。

"毙了！"国民党南京市公安局长、刽子手谷正伦大笔一挥，道："孙津川这样的共产党人，你用啥办法都是零，所以别再费功夫了！"

"处决"呈文批审完毕时，谷正伦又独自往椅子后背一靠，对着天花板长叹一声："唉，这样的共产党人，也确实让人不得不有点佩服。"

1928年10月6日凌晨4时许，敌人屠杀共产党"要犯"的时间又到了。"孙津川！出来——"狱警高喊一声。

顿时，监狱内一阵骚动。

孙津川昂首从牢房走出。

"姚佐唐、贺瑞麟！"

另一个牢房内，两位年轻"犯人"跟着走出，他们朝孙津川点点头。"好样的！"孙津川太熟悉这两位年轻人了，他们都是他日常地下工作的左右手，他们都是中共南京市委的重要骨干，贺瑞麟是市委委员、市团委书记，姚佐唐是著名的工运负责人。

"走——！"又一个屠杀共产党人的黎明开始了。监狱内，顿时响起嘹亮的《国际歌》——

起来，饥寒交迫的奴隶，

起来，全世界受苦的人

……

孙津川和两位年轻的党员干部，面不改色地迎着东方的血色黎明之光，走向雨花台。

"砰——砰——"两阵枪声响起。两位年轻党员倒在了血泊之中。

待孙津川睁开眼睛的那一刻，他发现自己没有中弹，而是年轻的战友倒下了……他的心如刀割一般，尤其让他心疼的是只有十九岁的市委委员、市团委书记贺瑞麟，这是位非常有才华并且对党绝对忠诚、又有培养前途的青年干部。躺在贺瑞麟身边的姚佐唐是湖南人，这位从小在铁路上成长起来的工运领袖，是 1921年入党的老资格青年职业革命者，长期担任徐州铁路党组织负责人，曾与李大钊、王荷波等一起代表中国共产党参加在莫斯科召开的共产国际第五次代表大会。北伐战争中，姚佐唐被派到北伐革命军总司令部直接管辖的铁道车队任大队副，在攻打武昌战役中失去了一条腿，故平时同志们称他为"独脚英雄"。现在，这两位优秀的中国共产党的好干部血洒雨花台，孙津川怎不心疼！

"孙大书记，你还有最后一次机会。如果交代，我们上司说了，现在就放你走。"敌行刑官走到孙津川面前，皮笑肉不笑地这样说。

"你们这些猪狗不如的东西！我不可能与你们同流合污！要杀就杀！少废话！"孙津川突然大怒，随后高呼起来："打倒反革命政府！""打倒国民党反动派！""中国共产党万岁——"

"砰砰——"枪声再次响起。

中国共产党优秀党员、南京市委第三任书记孙津川倒在了雨花台的草丛之中，鲜血染红了一片……

烈士时年三十三岁。

孙津川牺牲的季节是 1928 年的秋天。这一年秋天的风，在南京人记忆中特别肃杀。而南京街头的政治风云更加残忍和暴虐，几乎每天都可以从报纸上看到共产党人被捕被杀的报道。就在孙津川、姚佐唐、贺瑞麟牺牲的前几天，南京《民生报》刊登了国民党"首都卫戍司令部昨（27日）枪决余晨华、齐国庆、王崇典、李昌汾等四名"共产党员的消息。在另一张《申报》上对这几位被"枪决"的共产党员还有更详细的一些报道：

> 案查南京市公安局于本月期间，先后拿获共产党犯余晨华、黄彝华、王汇伯、史汉清、陈令远、逯石甫、齐国庆、孙启家、曹席方、傅宝山、刘德超、龙隐、陈鹏月、王崇典、蒋玉珍、钱懋猷、章师培、王澄、豆昌熙、李昌汾、吴相贵等21名，并查出共（产）党少年通信区支部训练大纲，一并解送江苏省特种刑事地方临时法庭讯办⋯⋯

> 业经分别判决宣示在案，合亟签提该犯余晨华、齐国庆、王崇典、李昌汾4名，验明正身，绑赴刑场枪决⋯⋯

从上面这份报道中，可以看出如下信息：当月，国民党反动派抓获了21名"共党"，宣判死刑的有4人。其余的可能刑期不一，而且其中有一名叫王汇伯的还是叛徒。而后来在监狱里，孙津川等通过与同志核实，揭穿了这位出卖了几个党团的可耻叛徒就是王汇伯。也因为他一人背叛革命，造成数十名共产党员、共青团干部的被捕和牺牲，更严重的是造成中共南京市委和共青团市委再次毁灭性的破坏。

这是中共南京党史、团史上被一个叛徒出卖、一下使市委党团两个组织瘫痪的最严重事件。王汇伯十恶不赦。

其实王汇伯不是中共南京市委委员，只是市团委的一名负责学校的委员，但在 5 月初的"红五月斗争"会议上，他和史砚芬（化名余晨华）、黄一民被捕。而就在这一次被捕后，王汇伯出卖了团市委书记贺瑞麟及其住处，而贺瑞麟的住处又是市委、团委的地下印刷资料的地方，敌人又从这儿顺藤摸瓜，共抓捕了南京市委、团委干部 37 人，104 人受通缉，王汇伯熟悉的南京团市委、江苏大学、安徽公学和浦口等地的党团组织都陷入停顿与瘫痪状态。

可憎的敌人还利用王汇伯的叛变，通过报纸和公告等，在我党团组织内造谣迷惑"某某""某某"供出了谁谁谁，想以此来给叛徒王汇伯混淆和掩饰，企图抓捕更多的共产党人和共青团员。

敌人在很大程度上"成功"实现了他们的计划。从 5 月开始的抓捕，"案件"一直到了 9 月之后，敌公安和特务机关通过查验和逼供，凡确认是中共党员和共青团员者，如果不自首，便开始执行"判决"。因此，对中共南京地区的党团组织而言，1928 年之秋是个特别令人心悸的肃杀季节，共产党人和共青团员们，一批批被捕和被枪杀。

在中共南京市委书记孙津川遇害之前，史砚芬、齐国庆、王崇典和李昌汾先被处决。这几位都是中共南京市委委员，在雨花台烈士纪念馆中，史砚芬的名字我最熟悉，因为有关他的事迹，可能在这一批牺牲的烈士中传播最广，原因是史砚芬留下了许多在监狱中写下的诗歌和给家人的遗书。

这些人与孙津川等，都是属于被王汇伯出卖后被捕并牺牲的。史砚芬本来并没有被敌人识破，只承认是一般党员，而且他用的是化名，可由于王汇伯向敌人提供了史砚芬曾经领导过宜兴暴动一事，结果敌人就马上将其作为"重犯"而判为死刑。

史砚芬是宜兴人，牺牲时只有二十五岁。其祖父曾参加过太平天国运动，所以从小听爷爷讲故事而让史砚芬有了一种很强的斗争精神。史砚芬从小就没了父亲，因此母亲对他抱有特别大的希望。小时候史砚芬爱读书学习，在外祖父的家读了四年古典文学课，因此他的文学基础很好，后考入常州第五中学，这在当时属于高才生。因为不忍地主的叔叔一顿教训，史砚芬一气之下到舅舅家，而在那里史砚芬读到了许多进步书籍。1926年史砚芬回到故乡宜兴后，积极参加当地革命运动，任国民党宜兴党部宣传部长。1927年，北伐军到了沪宁一线，宜兴一时成为苏、浙、皖三省的军事要地，史砚芬在此时接触了当地的共产党组织，后加入共青团。"四一〇"惨案后，史砚芬随当地党团组织转入地下工作。这年秋天，中共宜兴县委遵照上级指令，准备宜兴武装暴动，史砚芬被任命为副总指挥。虽然暴动后来失败了，但史砚芬在当地名声显赫。革命家、后来成为著名学者的匡亚明当时就与史砚芬一起工作，匡亚明在 1945 年的回忆宜兴暴动的文章中这样说："农民协会主要是团领导的……团的县委书记史砚芬起义失败后调任到南京市团的市委书记，他在群众中威信很高。"

出任南京市团委书记虽然时间不长，但史砚芬在恢复团组织工作和后来担任省巡视员仍然负责检查督促江苏省团的工作中，其组织能力和政治立场，表现得非凡，让同志们对史砚芬都刮目相看。

1928 年 5 月 5 日，史砚芬参加了中央大学附近的鸡鸣寺城墙上的一次团支部会议，共 20 人的参会者，后来基本上都被敌人抓捕。史砚芬与黄觉庵、王汇伯在离开会场没走多远，就被盯梢的特务抓捕。叛徒王汇伯把他和其他一批南京党团干部全部出卖了。

在被敌人审讯和坐牢的过程中，史砚芬表现出的英雄气概和共产党人的素质，给同志们留下了永恒的记忆，即使敌人也对他敬畏三分。与史砚芬一起被抓捕的黄觉庵在《入狱前后》一文中这样回忆：

　　那天会后，我们各自分散走开，我和史砚芬、王汇伯下了山，从中大的侧门进去。进校以后，我们发现有个穿黄军衣的人跟踪我们，我们就站在布告栏前观察动静……谁知刚出校门，这人就叫门警将我们逮捕了。后来我们才知道这人叫龙俊，是中央军校的学生。在警察分局讯问我们时，他在场做过证。被捕后，史砚芬改名叫余晨华，并从衣袋里取出印有余晨华三个字的名片。看来，他是作好了被捕的准备的。

　　我们被捕后先押到警察分局，后押到市警察局。当时我身上还有一张条子，是史砚芬早晨刚交给我的，上面是国民党军事技术学校的两个共青团员的组织关系，在押送途中，我乘敌人不注意，将条子嚼后吐到一个桥下的流水中去了。我们被关在看守所的三间号房内，史砚芬居中，我和王汇伯在两边。当天晚上八九点钟，我们分别提审。敌人吊打我，用皮带抽，也使用了一些欺骗利诱的办法。看守所是利用旧木板搭的房子，墙壁上有几处宽缝，我和史砚芬互相讲述了被审的经过。奇怪王汇伯没有再回到看守所，后来知道是他把我们出卖了……

　　我们又被押到卫戍司令部……后来史砚芬的隔房哥哥史汉卿到南京来营救他，结果被抓了进来，其实他并不是党员。原来史砚芬在狱中一直说自己叫余晨华，这下敌人发现他用的是假名，案情一下子对他非常不利。这时又传来孙津川等人被捕的消息。

　　卫戍司令部看守所的监房是三间一排，中间一间缩进一些，因此在各个监房里可以相互看得见，也可以讲话。我们住的监房不到20平方米，关了20多人，很挤。史砚芬同志非常坚强，人在狱中写了一些诗，歌颂革命，描写监狱的黑暗，鼓励同敌人斗争……

　　我们是6月中下旬被押往卫戍司令部看守所的。9月，敌人对我们进行了判决。一天上午，看守所来了大队军警，看守跑来喊史砚芬、王崇典、齐国庆、李昌汾出去。我们知道最后的时刻到了，敌人就要对他们下毒手了。他们非常镇静，穿好了衣服、鞋子，由史砚芬同志带头，一个个和我们握手告别。他们一出监房就喊起了口号："打倒蒋介石！""打倒国民党！""共产党万岁！"还唱起了《国际歌》。此时，我们也抑制不住内心的悲痛，跟着唱了起来。一时间，内外都响起了洪亮的歌声。渐渐地他们的声音远去了。一时间我们都沉默了下来。大家心情十分难过，想想史砚芬等同志平时的音容笑貌，许多人都流下了悲痛的泪水。几十年过去了，这个悲壮的场面，我一直铭刻在脑海里，永远不会忘怀……

另一位见证史砚芬牺牲前的难友贺瑞麟在监狱里写下的《死前日记》中记载了这样一个情景：

今日六时，史砚芬、齐国庆、王崇典、李昌汾几位同志……拖向雨花台执行死刑。砚芬临行时，身着到南京来的青绿色直贡呢夹衣衫、汉清送给他的白帆布胶底鞋、白单裤。因为刚洗过脸，头发梳得光光的。他第一个先出去，神气最安逸……砚芬临去时，向我们行一个敬礼……再会了我的好战友。

贺瑞麟与史砚芬都是南京市团委书记出身。史砚芬年龄大六岁，但贺瑞麟却比他先任市团委书记，后来接任团委工作的史砚芬十分尊重比他小六岁的前任书记，并与贺瑞麟成为好友。不到一年，史砚芬出任省委巡视员后，又主要负责江苏省的工人运动与团委的巡视工作，所以又与再任市团委书记的贺瑞麟常在一起工作，可以称为"兄弟般的亲密关系"。俩人又都是文学爱好者，当他们一起入狱后，革命的激情让他们都留下了许多壮丽诗篇，一直成为雨花台革命烈士诗抄中的经典作品。

史砚芬在牺牲前留给他妹妹和弟弟的两封信，更是打动了多少当代青年和家长们的心。在此一抄：

我最亲爱的妹妹弟弟：

这封信到你们手里又要你们流泪了。

哭吧！你们就尽量的（地）哭吧！把你们纯洁的泪珠来洗尽这张纸上的悲哀，荡净这张纸上的苦痛吧！

我觉得心中有许多话要和你们说，但是一句也想不起来。至于一切经过的详情，也请汉清哥代达吧！

你们下学期预备怎样？我本有和你们策划的义务，但是筹思兼旬，依旧一筹莫展。听说永保弟在家，你们有什么疑难的事就去请问他，他一定可以设法的。

我大致不久就要拨监，究竟判多少年还不得而知，你们替我过冬的衣服被褥制备了给便人带来，不讲了，以后再找机会面谈吧！

祝

你们平安！

你的哥哥砚芬

亲爱的弟弟妹妹：

我今与你们永诀了。

我的死是为着社会、国家和人类，是光荣的，是必要的。我死后有我千万同志，他们能踏着我的血迹奋斗前进，我们的革命事业必底于成，故我虽死犹存。我底（的）肉体被反动派毁去了，我的自由的革命的灵魂是永远不会被任何反动者所毁伤！我的不昧的灵魂必时常随着你们，照护你们和我的未死的同志，请你们不要因丧兄而悲吧！

妹妹，你年长些，从此以后，你是家长了，身兼父母兄长的重大责任。我本不应当把这重大的担子放在你身上，抛弃你们，但为着了大我不能不对你们忍心些，我相信你们在痛哭之余，必能谅察我的苦衷而愿（原）谅我。

弟弟，你年小些，你待姊应如待父母兄长一样，遇事要和她商量，听她指导。家里十余亩田作为你俩生活及教育费。固我死以后，不要治丧，因为这是浪费的。以后你能继我志愿，乃我门第之光，我必含笑九泉，看你成功；不能继我志愿，则万不能与国民党的腐败份（分）子同流。

现在我的心很镇静，但不愿多谈多写，虽有千言万
语要嘱咐你们，但始终无法写出。

好！弟妹！今生就这样与你们作结了。

你们的大哥砚芬嘱

与史砚芬一起被敌人屠杀的另外三位也都是中共南京市委委
员，而且也都非常年轻。王崇典和齐国庆，都只有二十五岁，俩
人同为安徽人。王崇典自小读书时一直是学校考试成绩第一名的
优秀学生，在家乡芜湖中学时，受"五四"运动影响，开始接受
进步思想。1926年考入国立东南大学，次年加入中国共产党。作
为东南大学党支部书记的他，一直在复杂而又艰苦的环境下，组
织进步学生和党团干部，同强大的敌人和反动势力进行斗争。

齐国庆是江苏大学党支部书记。因为同是安徽老乡，又是南
京两所兄弟大学的党支部书记，所以齐国庆和王崇典两人可谓是
志同道合的同志加乡友。

1927年年底中共南京市第一次代表大会之后，王崇典和齐国
庆都被选为市委委员，又都在大学从事学生运动，因此他们经常
一起出入，一起在校园散发传单和组织进步学生上街游行，同时
相互支持各自学校的斗争，成为默契的战友。

王汇伯叛变后，王崇典与齐国庆几乎是在同一时间被捕，并

且关在一起。王崇典在狱中沉默寡言，对敌人的拷打和审问极少回答，后来染上了伤寒，父母到监狱探望时，不忍心儿子如此受折磨，痛哭流涕，要儿子"认错"出狱。王崇典摇摇头，就是不回答。弟弟也来看他，王崇典便这样对他说："人总是要死的，只要革命能够成功，我就是死了，还是有意义的，将来一定会有更多的青年投身革命。"

"你帮我忠孝父母，这是我唯一对家里的一点希望。"王崇典深情地对弟弟说。

齐国庆的身体比王崇典要健康，平时就是一个胖乎乎的小伙子。在监狱放风时，难友们跟他开玩笑，拍拍他的肚子问他："你这里装了什么？"齐国庆笑道："装的是赤胆忠心。"当得知要被敌人枪毙时，他给同为江苏大学的难友窦止敬写下一份遗嘱："务必请告我家：一、葬我，一切从简，棺木、衣服一概不用；二、妻子不用为我守节；三、父亲不用为我难过。"

"出师未捷身先死，长使英雄泪满襟。"王崇典和齐国庆这两位老乡在狱中时常吟诵杜甫诗句，激励自己的战斗意志。

9月27日，被枪毙的那一天早晨，当敌人叫到他们的名字时，齐国庆从容地穿上细毛线衣，又换上一双新袜子。当时他的腿上有个小疮被碰破了，他还幽默地说："马上要流大血了，还流这一点血，不足为奇！"然后他拉起身体虚弱的王崇典，一起迎着太阳，迈开坚定的步伐，朝雨花台方向走去。

"老齐，我们的事业还没有成功，没想到就这样分手了！"王崇典握着老同学的手，感慨了一句。

齐国庆扶了一把王崇典，而后深情地说："我们都没有给党、给安徽的父老乡亲丢脸，将来革命成功后，人家会记得我们的……"

"说得好！来，我们一起唱《国际歌》吧！"

于是，他、他，还有史砚芬和李昌汾四位即将告别这个世界的青年人，昂着头，高唱了起来……

起来，饥寒交迫的人
起来，全世界受苦的人
满腔的热血已经沸腾
要为真理而斗争
……

"砰——砰砰！"

"砰——砰砰！"

罪恶的子弹，穿破了年轻共产党人的心胸，鲜血再一次染红雨花台。

与史砚芬、王崇典、齐国庆一起被敌人残害的李昌汾烈士，以前很少知道他的事迹，在纪念馆也仅有一行字介绍。而正是这样一位"不著名"的烈士，让我产生了好奇。

后来在搜索资料中发现，这位默默无闻的英雄，原来同样有着精彩的人生和壮丽的青春。只不过这来得太晚了一点……

李昌汾烈士牺牲五十二年后的1980年，南京雨花台烈士纪念馆突然来了一位七十六岁的湖南宝庆老人，他对纪念馆的工作人员说，他叫李琦春，是来看父亲李昌汾的。

"哎呀，李老啊，我们找了几十年，就是不知道李昌汾烈士家在哪儿，还有没有亲人呢！你来了可总算让我们圆了对烈士的一份心愿呀！"

李琦春老人更是热泪盈眶，他说他也是在民政部门等多方帮助下，才知道自己的父亲原来早已牺牲在南京雨花台。他说他父亲当年背井离乡参加革命时，并不知道其家乡的妻子已经有身孕，所以李琦春老人说自己出生后的情况，其父李昌汾并不清楚。而父亲牺牲后，家人也不知道他到底在外面发生了什么事。几十年来，两重天间的烈士和家人之间，自然是断了线。

"虽然我爸从来没有见过他的爸啥样，但那天他站在我爷爷照片面前，依然全身在颤抖……"李琦春女儿对纪念馆的工作人员这样说。

李昌汾与亲人五十二年不曾相认这事引起了南京雨花台烈士

纪念馆的重视，他们开始重新启动在全国公开寻找烈士后人的活动，还真找到了数位烈士的家人。

其中一位也是湖南籍的烈士叫李昌祉，过去也一直没有找到他的后人和家属，雨花台烈士纪念馆的这次为烈士"寻亲"的活动，也让李昌祉家乡的百姓动员了起来，最后还真的找到了李昌祉烈士的后人。1980年清明节，李昌祉的后人也踏上了去往南京的旅程，在雨花台找到了失散几十年的亲人，并在雨花台的祭台上点燃了香火……

也正是这一缘故，让我不得不来到同一位湖南籍"李氏"烈士遗像前，瞻仰他的丰功伟绩，由此也知道了这位黄埔军校走出的长期战斗在敌人心脏的红色特工的传奇革命生涯：

李昌祉，1906年出生在湖南省嘉禾县石马村。由于家境贫穷，父亲又体弱多病，李昌祉从小就被过继给叔父李丙和做儿子。他的家乡有处十分险峻的悬崖峭壁，下临深潭，顶端有一巨石，远远望去，形如奔马仰天长啸，石马村因此而得名。

一天，一群放牛娃在山下打赌：谁能爬上石崖骑上石马，谁就当孩子王。十二岁的李昌祉将衣服一脱，便手攀足登，一下骑上了石马背。从此，成了有名的"孩子王"！

李昌祉十四岁入私塾读书，十八岁考入县立甲种师范学校。1925年，全国的革命运动风起云涌，嘉禾县也和全国一样，在唐朝英、黄益善等共产党员的领导下，工会、农会和各种社团纷纷建立，群众运动逐步开展起来。正在县城读书的李昌祉，在革命浪潮的影响和推动下，参加了同学、好友李韶九组织的新文化剧团，积极参与各种社会进步活动，大量阅读进步教师从省立衡阳三师带来的书刊，成为革命的骨干分子。

土豪李佐廷是湘军师长李云杰的叔叔，长期担任县团防总局副局长，一贯为非作歹，迫害进步人士。为了扫掉他的威风，警告其他土豪，唤起全县城乡 12 万民众，党组织决定斗争李佐廷，并把"打头炮"的任务交给了李昌祉和李韶九。盛夏的一天，中共嘉禾党组织在丰和圩举行盛大集会。负责人黄益善致过开幕词后，农友押上一个胖子来，人们定睛一看，"嗬，是李佐廷！"这时，只见李昌祉一个箭步抢上前，给他戴上一顶高帽子，大声说："农友们，原先我们怕他，不敢在他头上动土，如今有共产党的领导，穷人组织起来，不怕他啦！今天我们要在老虎嘴上拔须。"群众见此情形，胆壮起来，纷纷上前控诉李佐廷的罪行，有的还上前打了他，以解多年的仇恨。随后，李昌祉回到村里，协助李、邓两姓建立了农民协会。有人说："李昌祉这小伙子有胆量，有出息。"

1925 年冬，李昌祉由黄益善介绍，加入了共产主义青年团。入团不久，同学克忠（即萧克）告诉他说："广州办了一个黄埔军校，专门培养革命人才，好多人都去报名了。"李昌祉听了这消息非常高兴，秘密约了几位同学前往投考。当他们风尘仆仆来到广州时，黄埔军校已开学半个月了。李昌祉等人只得进黄埔宪兵教练所（又名警察训练所）学习。在这里，他加入了共产党。

经过半年多的艰苦训练，李昌祉被分配在共产党员蒋先云率领的国民革命军第十一军第七十七团任排长，参加了北伐战争，随军攻长沙，克岳州，下武汉，饮马长江，一直打到河南。北伐中，他以共产党员的身份加入了国民党。

1927年6月，河南临颍一战，蒋先云身先士卒，壮烈牺牲。接着，宁汉合流，汪精卫背叛革命，屠杀共产党人和革命者。李昌祉悲愤退役，回到家乡嘉禾，参加当地的革命斗争。此时的嘉禾，也是一片白色恐怖。县团防总局副局长李佐廷又耀武扬威起来，狂叫要把共产党人斩尽杀绝。

李昌祉回到嘉禾，以北伐退役军人、国民党党员的身份，在县立第一高等小学谋了一个体育教员的职位，暗地里却联络了一批进步人士与李佐廷进行针锋相对的斗争。他参加了《嘉禾民报》的编辑工作，利用舆论阵地，揭露李佐廷的罪行。他还利用"国民党员登记处"这块牌子，做通登记处主任的工作，将李佐廷开除出国民党。李佐廷气急败坏，一病不起，呜呼哀哉。嘉禾的恐怖气氛稍有平缓。

1928年秋，李昌祉辞别新婚不久的妻子，踏上了新的征途。

在中共南昌地下交通站里，李昌祉遇见了江西东固根据地红军负责人李韶九和中央军委派往鄂东南工作的萧克。他们是为物色打入国民党军队做军运工作的人选，约李昌祉到南昌来的。经江西省委同意，他们写信介绍李昌祉到上海。

李昌祉赶到上海，找到了在中共中央负责军事工作的同乡曾中生。曾中生向中央汇报了李昌祉的情况后，便将他安插在上海国民党警卫师，以黄埔四期生的资历担任了该师营长。同时以"方平"为代号直接与中央联络。为了便于隐蔽，他取鲁迅先生诗句"血沃中原肥劲草，寒凝大地发春华"的诗意，改名李艳华。

1930年夏，李立三"左"倾冒险错误在党内又逐渐发展起来。6月11日召开的中共中央政治局会议，通过了《新的革命高潮与一省或几省的首先胜利》的决议。他们要求仅有二十多名党员的国民党南京军事系统中的党组织也要举行暴动。组织上命李昌祉辞去营长的职务，立即奔赴南京，利用熟人关系打入国民党高级军事机关内部，陆续建立组织，准备实行南京暴动。规定李昌祉的联络代号为"周成"，组织代号为"周先生"。李昌祉虽对这次行动心存疑虑：二十几个人如何能在南京搞军事暴动？但坚决服从命令走马上任。到南京后，他立即与一个代号为"蓝先生"的人接头。这天，他一副学生打扮，右手拿着报纸卷成的筒（联络暗号），朝着湖南旅京会馆走去。会馆位于南京市区的一条巷子里，面积约有一万多平方米，楼阁亭榭相连，是当年湘军头子曾国藩打败太平天国，攻占南京后修建的。虽然经历了半个多世纪，但这里的热闹景况一如往日。李昌祉来到戏台旁边，装着观看当年曾国藩手书的一副金字对联，眼睛却在注视来往行人。这时，只见一位身穿宪兵服、佩戴上尉衔的军官朝他缓缓走来。

这人个子不高，脸较瘦黑，但两眼炯炯有神。他已观察李昌祉半个小时了。只见他走到李昌祉跟前，用湖北口音问道："你是从上海来的周先生吧？"李昌祉机警地回头一看，按规定的暗语回答说："不，我姓李，表弟姓周，我来看我的表妹蓝小姐。""真巧！蓝小姐就是我们团副的妹子，派我来接你的，走吧！"这人就是潜伏在敌人宪兵第四团的中共南京军委书记蓝文胜，代号"蓝芳"，负责南京区国民党军队中的党组织工作。李昌祉就是来协助他工作的。两人接头后，蓝文胜将一封密信交给了李昌祉，并告诉他组织已安排他到南京高级军校工作。

几天后，李昌祉到南京高级军校报到，被任命为军校新兵训练处少校大队长（党内职务是中共南京区军委副书记）。他利用这个公开的身份，在军统特务戴笠的公馆、蓝衣社附近的鸡鹅巷十一号租了一套公寓，秘密成立中共地下联络站，打通了南京、上海、江西的直接联络渠道，使中央苏区与上海党中央时刻保持着密切的联系。为了保证这个据点的安全，他又给黄埔军校毕业、

　　闲散在家的老同学写信，邀他们来工作，并请他们把妻子也接来南京。"鸡鹅巷十一号"这个据点像一把尖刀直插敌人的心脏。

　　李昌祉在南京有许多同乡、熟人。当时在南京工作的嘉禾人有：内政部的何次韩，报界名人雷啸琴、雷季辑，宪兵大队长的同宗李振唐，蒋介石的侍从官邓德懋，警察厅的特工王鹏，某师的副团长萧洪等。为了麻痹敌人，他利用这些关系，经常请他们来"鸡鹅巷十一号"喝酒打牌。由于李昌祉为人开朗，风流倜傥，军事体育、诗词歌赋样样在行，因此许多人都乐意和他往来。"鸡鹅巷十一号"一时弦歌四起，热闹非凡，掩护了党的地下活动。

　　1930 年 8 月，李昌祉参加了党中央在上海召开的会议。会上"左"倾错误占据支配地位，李立三布置了 13 个中心城市的暴动计划。9 月中旬，军委负责人曾中生任南京市委书记。当时，李昌祉和其他革命同志一道积极开展暴动的各项准备工作。不料高级军校党总支书记文绍珍被捕入狱，曾中生在李昌祉的协助下，侥幸脱离危险。危急时刻，李昌祉、蓝文胜当机立断，决定停止暴动，设法营救被捕同志，通知已暴露的同志撤离，避免造成更大的损失。

　　由于深得军校上司的赏识，李昌祉不久就调到国民党中央军事委员会特别党部任少校组织科员。

　　这年冬，李昌祉发现以前常来叙谈的蒋介石侍从邓德懋，已有一段时间没有来公寓聊天了，料定必有情况，便叫堂弟李昌佑前去了解情况。果然，李昌佑回来说，邓德懋正在做离开南京的准备，抽不出时间来玩。李昌祉觉得这个情况很重要，必须弄清楚，便叫李昌佑以帮助料理家务为名，到邓家住下。

不久，李昌佑送来情报，原来蒋介石正在调动部队去"围剿"红军，邓德懋调到部队去当营长。于是他又叫李昌佑了解敌军的番号、数目、装备、指挥官姓名及行动计划等等。得手后，他将情报亲自送往上海党中央。

1931 年 5 月以后，蒋介石对中央苏区连续发动第二、第三次"围剿"。李昌祉及时将情报上报中央。中央命李昌祉设法随军前往江西，策动国民党军队反水，并亲自检查沪、宁、赣交通线的工作状况。党中央的信任，使李昌祉感奋，决心努力完成这个特殊使命。他多方活动，在赴赣作战的新编十三师谋到一个政训处中校处长职务，跟随部队开往江西。

李昌祉来到南昌后，便以"鼓舞国军士气"为名，乘二十七军的运兵船沿赣江逆水而上，前往吉安。在康家街的一个红军情报联络站里，又将敌人进行军事"围剿"的情报，向李韶九做了汇报。随后以同乡众多的二十七军二十三师为目标，开展策反活动。

二十七军实际上只有二十三师一个师的编制，军长李云杰是嘉禾人，下属军官、士兵有很多是嘉禾人，李昌祉同学、同族也有不少人在这里担任团、营、连主官职务。他拜会了昔日的同乡、同学，做了许多策反工作。泰禾一仗，该师六十九旅的两个营全部投奔红军。

1931年8月，李昌祉回到南京后，为了更好地在敌人心脏里工作，通过国民党高级军校特别党部书记长李振唐的关系，到该校党部当了上校科员。这里，他接触的机密更多，打交道的各级军官也更多了。在组织上除了直接向中央负责外，只与"蓝小姐"保持严密关系。为了恢复和加强兵运工作，他派李昌佑为宁赣线交通员，传递情报于南京—南昌—吉安—赣州之间，原"鸡鹅巷十一号"由杨文烈照料。为了扩大情报来源，他利用同乡关系，建立了一个联络网。在湖南旅京学校，他保持与同乡唐喆联系；在军校三大队，保持与周德民联系；在军校军需处，保持与李昌祯联系。他还叫当教导营营长的同学李民熙暗藏了一批武器弹药和通讯联络器材，准备建立京、沪联络总站。这些人都不是共产党员，但与他都有着深厚的友谊和密切来往。

1932年，正当南京区军委工作卓有成效，组织工作蓬勃发展之时，两件意想不到的事情发生了。一件是中共中央特科负责人顾顺章叛变，供出中央特科安插在白区的领导人员名单，名单中有中共南京军委负责人"蓝小姐""周先生"；另一件是在国民党宪兵四团任中共特支书记的毛霞侠突然被捕，并搜出一封上海给

"蓝小姐"的信。

风声越来越紧，天低云暗。敌人在南京撒下漫天大网。他们抓来了百多名姓周的男人和姓蓝的女人，进行审问和拷打，可是均不得不以证据不足而予以释放。后来敌人搞清楚了"蓝小姐"就是蓝文胜，9月16日就将他和宪兵团的党员逮捕了。

在这紧急关头，李昌祉知道自己身份已经暴露，被捕只是时间的迟早。他趁敌人一时还找不到"周先生"的时候，竭力保卫组织。他将堂弟派往江西吉安，将财产全部变卖，藏好经费，以备不时之需；他切断了内线和外线的全部联系，安排妻子尽快回到湖南老家。

在万分危急的时刻，他凭着多年白区工作的经验，从容地安排处理好一件件重要事宜。南京的事情办完了，他并没有马上撤离，仍然坚守岗位，等待党中央的指示。

11月的一个早晨，北风呼啸，李昌祉起来洗脸，发现烧开水的白铁壶漏水。吃过早饭，他提着水壶到铺子里去修，顺便看看敌人的动静。路上，碰上了杨文烈等人，几个人一同来到白铁铺。这时，一个戴礼帽、穿便服的汉子在门口喊道："周先生，这里有你的信。"李昌祉思念组织心切，以为是上海派人来联系，不禁喜出望外，将信接来装入衣袋。那人又说："送信的先生在那边等你回话。"他回头见无人跟踪，便随那人上了一辆黄包车。走出不远，撩开车门帘一看，"糟了！"黄包车正朝宪兵司令部方向奔去，他一拳击倒伪装送信的家伙，跳下车直往鼓楼跑去。可是，早已埋伏好的特务从四面围上来，特务头目曾梯提着手枪奸笑着说："老兄，跑也没用，跟我们一起到谷司令那里去一趟吧！"李昌祉冷笑着说："好吧！有事请诸位到军校来谈。"话犹未了，一个飞腿朝着曾梯的裤裆踢去，曾梯痛得弯腰大叫："快给我铐住他！"一群特务拥上，拳打脚踢将李昌祉押上警车。李昌祉被押到宪兵司令部监狱，一进门就看见了被打得奄奄一息的蓝文胜。他激情地大声说："黄埔同学们，我们又见面了！"蓝文胜听到声音，挣扎着爬起来回话："他乡遇故知，乃人生的一大乐事也！"他们临危不惧，使难友们的精神为之一振。

第二天审讯庭上，李昌祉态度从容，正义凛然。当众控诉国民党当局发动内战，反对抗日的罪恶行径，赞扬中共救国救民的正确主张，义正词严，把法官和陪审员推到被审判的位置上。敌人无可奈何，只好宣布休庭。

李昌祉在狱中，又与蓝文胜一道，逐个考查了同监难友的政治面目和态度，将坚定的共产党员组织成一个支部，编写了一首《囚徒歌》，订出了狱中的斗争计划。

囚徒，囚徒，

> 时代的囚徒……
>
> 铁窗和镣铐,
>
> 监狱和牢门,
>
> 锁得住自由的身体,
>
> 锁不住革命的精神……

这首由李昌祉谱曲的《囚徒歌》和他伴奏的二胡琴声,经常响彻狱中,激励着难友们的斗志……

1933 年 1 月 25 日夜正是旧历年除夕,看守们的猜拳行令声和酒后醉喊声,吵得难友们难以入睡。李昌祉想起前两天来探监的军校学友传来的信息:蒋介石因他和蓝文胜不肯招供而十分恼怒,已给谷正伦下了就地枪决的手谕。看来,去雨花台的日子不会太远了。

2 月 11 日晚上,李昌祉发现看守对他特别注意,他意识到最后的时刻来到了。第二天凌晨,他冷静自若,穿好衣服,准备就义。看守开门叫他时,李昌祉大声说:"同志们,不要害怕国民党的屠杀,最后胜利是我们的。"他从床上跃起,走到监房门口,高呼:"打倒国民党!""共产党万岁!"然后登上刑车,奔赴刑场。他的英勇悲壮的口号声,震荡着黎明前的黑暗,苍茫的大地发出了回声……

我之所以把李昌祉的事迹这样"搬"过来，是因为像李昌汾、李昌祉这样并不为人们所熟悉的烈士或者至今仍然连名字都不知、更不用说他们的亲人和家乡在何处的烈士，在雨花台还有很多、很多……而他们的身上，有可能都是一部部惊天动地的革命英雄史诗。

我们再把英雄史诗切回到那些可以找得到印迹和资料的烈士身上吧。

与孙津川、史砚芬等一起牺牲的共产党人之中，十九岁的贺瑞麟一直让我心中不宁，因为他这样的年龄，不应死在那个残阳如血的深秋——1928 年 10 月 6 日。那个深秋的南京雨花台上留下了太多年轻的生命……

贺瑞麟的老家在原徐州铜山。1909 年，贺家大院一片喜气，是因为贺长年又添一个儿子。小时候的贺瑞麟，在姑奶奶家读书。父母希望聪明的二儿子有出息。"的确在三年前，我没有到南京以前，我自己很自负，默默地预期自己能作（做）一个社会上占有地位的人物，把我自己造成一个绝世的英雄，压倒一切平凡的人们。"贺瑞麟在监狱里这样回忆和剖析到南京参加革命前的自己。

上小学时，"五四"运动的革命浪潮，甚至影响和冲击了所有中小学，人小胆大的贺瑞麟受到不小影响，大人的游行队伍走到他的学校门口，他便跟着大孩子们上街呼口号。尽管开始也不懂多少道理，但知道日本帝国主义和反动政府是"坏人"，"坏人"就要打倒他们，这是他童年的革命思想，虽然很简单和幼稚，可革命种子就这样种在了他心中。

十五岁那年，在沛县县城青墩寺上学的贺瑞麟，遇到了当地的共产党员，后来又在这些人的指引下，他到徐州找到了创建徐州党组织的吴亚鲁。这位老资格的共产党员被幼小就有革命理想和精神的沛县"小老乡"所感动，于是便介绍贺瑞麟到自己所"耿耿于怀"的南京去上学。这个时候，贺瑞麟也加入了团组织。

"请老师放心，我会接受各种考验的，一定不辜负组织对我的期望。人在活着的时候就要努力争斗，我会坚决为革命工作努力争斗！"临别时，他向老师吴亚鲁保证道。

"哈哈哈，小同志，不是争斗，是斗争。"吴亚鲁被稚气未脱的贺瑞麟逗乐了。

"对，是斗争，奋斗！"小革命同志不好意思了。

到了南京，在组织和亲戚的帮助下，贺瑞麟进了东南大学附中。这个时候的南京学生运动在中国共产党领导下，已经开展得相当频繁，尤其是上海"五卅"运动之后，南京各学校的革命浪潮，迅速形成强大的反帝反军阀政权的革命势力。贺瑞麟虽然年龄小，可他已经是青年团员，又加上革命精神异常积极勇敢，所以他在东南大学特别是附中的罢课活动中，表现出色。因为他总是冲锋在罢工和游行队伍的前面，许多东南大学的学生都以为他是大学同学。

"我还是中学生……"这个时候的贺瑞麟有些不好意思道。但随后他挺直脖子说："革命才不分年龄大小，我们附中参加罢课和游行的人数全市最多，这值得骄傲吧？"

"值得！值得骄傲！我们一定向你和你们中学学习！"大师哥大师姐们这时向他竖起大拇指。

每每此时，贺瑞麟的脸上都放出异常光彩。

然而就在贺瑞麟充满自豪地带领中学同学们一次次参加声势浩大的南京学生罢课运动之时，反动政府恼羞成怒，责令相关学校开除带头"闹事"的学生。东南大学附中校长廖世承虽然是个著名教育家，无奈也只好把贺瑞麟开除出校。

"既然他们因为我参加革命，不让我再上学，那我从现在起就彻底革命了！彻底干革命了！请组织安排我的工作！"贺瑞麟天真而又真诚地跑到组织的领导同志面前这样说。

"不后悔？"

"不后悔！"

"不怕死？"

"不怕死！"

组织考虑到当时南京的政治形势和贺瑞麟的实际情况，认为

　　这是一棵革命的好苗子，于是就安排他到了时任国民党革命军总司令部直接管辖的铁道车队大队副姚佐唐身边工作，这样也让贺瑞麟在南京有了合法身份。

　　这时的贺瑞麟化名为何瑞林，公开身份是一名工人，实际上是协助姚佐唐从事职业革命。此时的南京地下党还没有一个市委组织，上海区委管辖的南京首先成立了浦口地方委员会，不久又改称为南京地方委员会。已经加入党组织的贺瑞麟被任命为中共南京地委农运委员兼南京城北支部宣传委员，那时他才十六岁。由于他对学校熟悉，所以同时配合其他同志，一直在工运和学运的工作中充当着重要角色。

　　曾经有一段时间南京的形势相当吃紧，组织上派贺瑞麟回老家徐州，一边工作一边暂时隐蔽。家人一看儿子回来了，便忙着给他找对象、办结婚之事。贺瑞麟借故赶紧逃离老家，父亲扯住他的衣领，问："现在不是放暑假了嘛！你回南京干吗？"

　　"是……是学校安排了一部分同学到工厂打工，为减轻家庭负担，我也被安排上了，所以要回去。"他把家人骗了一回。

　　父亲不笨，一年以来，不见儿子丁点音讯，便带着大儿子跑到南京，找到东南大学附中。

　　"贺瑞麟？早没这个人了，他被开除了……"学校这样回答。

　　"小兔崽子！"父亲气不打一处来。也不罢休，到处托人找人，结果还真找到姚佐唐的铁道队那里。无奈的贺瑞麟东躲西藏，跟父亲"玩"了好一阵子，最后实在没办法，只得向组织请假，回了一趟老家。

"你非要我回来干啥？"他问父亲。

"让你结婚生娃儿！"父亲说。

"我、我还要做事呢！"儿子说。

"不妨你做事，把婚结了，就让你去做事。"父亲这回聪明起来，再不轻易相信这在外头"混野"的二儿子了。怕他再跑了，便用绳子将贺瑞麟绑了起来，并反锁在一间房子里。

贺瑞麟暗笑："凭我在南京学的那点本事，你还能管得住你儿子？"

当晚，他在一块砖上磨断了绳子，连夜逃出家，到徐州搭上火车，又回到了南京。

"兔崽子他连路费都不要了呀！"第二天，父亲发现后，一边骂，一边又心疼地赶上火车，到南京给儿子送钱。哪知他再也没有找到他的宝贝儿子，气得对着秦淮河直骂："好小子你，我算没有你这个儿子了！"

这时的南京地下党，来了位重要人物，他叫文化震，出任南京团地委书记。文化震同时还是南京地委的军委负责人，具有丰富斗争经验，比贺瑞麟大七岁，这也让贺瑞麟有了一位既能学习又能并肩战斗的"老大哥"。在文化震的指导下，贺瑞麟很快在南京的一些重要单位秘密建立了工人纠察队，同时也秘密派遣一些同志打入了兵工厂——金陵制造局，为日后南京革命武装斗争积蓄了力量。

实际的工人运动和秘密的军事斗争，特别是建立工人纠察队，使年轻的贺瑞麟在这段时间获得了多方面的锻炼，其思想和斗争经验迅速成长，成为南京地区党的一名成熟青年干部。

"四一〇"惨案后的南京政治形势，极其险恶，尤其是谢文锦等市委班子领导被敌人屠杀后，党团工作处在风雨飘摇之中，真可谓"今天不知明天事"。

贺瑞麟在这个时候被推荐为南京团市委书记。十八岁的他，要领导"首都"的青年工作，对他而言，责任重大，使命艰巨。

"不怕要，放手大胆地干！"市委书记孙津川对他说。

贺瑞麟出任团市委书记的时候，正是大革命时期中国共产党和共青团组织最困难的时刻。南京地区的革命斗争一度不得不转移到农村为重点的中心工作。贺瑞麟在市委的统一安排下，积极配合孙津川的全盘工作，同时任起了农委委员的具体分管工作，多方努力，准备农民起义。那时他常上市郊的一个叫清凉山的地方，而党内的"清凉山小组"秘密代号，实际上就是中共南京临时组织。他所负责的浦口地区的农民革命，在南京周边产生了重要影响，尤其是发动农民和农会镇压了反动地主帮组织的"黄枪会"，更是声名远播。

1927年年底，中共南京市委召开代表大会，选举出新的班子，史砚芬接替贺瑞麟任团市委书记，贺瑞麟改任专职团委组织委员。一个重要原因是贺瑞麟在会上发表了与上级不相符的意见。

这样的分工在一般人看来，显然是降职使用。市委孙津川找到贺瑞麟谈话。

"孙老师，你放心。会上的意见虽然我有不同，但组织上叫我干啥我干啥，只要是革命工作，我都会做好。"

史砚芬后来也对贺瑞麟表示理解和同情，认为他向组织反映自己对时下的局势看法有不同，不属于什么问题。后来也证明了贺瑞麟的看法是对的。

"你有顾全大局的意识，又敢于在问题面前说真话，我欣赏你。"史砚芬后来与他成了亲密战友。

不多时，史砚芬又被江苏省委任命为巡视员，而贺瑞麟则再次被任命为团市委书记。

如此"一上一下"的转换角色，对一位十八九岁的年轻干部来说，确实不算是小事，然而就是这样的"起伏"，让组织更看好贺瑞麟，认为他对革命忠诚，经得起考验，是个有培养前途的、年轻有为的青年俊杰。事实上也是如此，再任团市委书记之后的贺瑞麟，工作更加认真努力，而且似乎在实际工作中也更加老成，特别是在恢复东南大学、江苏大学、安徽公学、保定陆军军官学校等学生团组织中，工作卓有成效，很快发展了34名共青团员，同时还建立了"五一文学社"、剧社等外围组织，为带领学生和老师同反动派斗争起到了"领头羊"的革命先锋队作用。

与此同时，贺瑞麟协助市委书记孙津川，将南京周边的农民运动也搞得有声有色。在他们的努力下，全市相继建立与恢复了19个党支部、38个党小组。

1928年5月前夕，中共南京市委和团市委都为在"四一〇"反革命政变之后的第一个"五月斗争"做准备，所以有了市委和团委的几个会议。也正是因这样的会议被叛徒出卖，中共南京市委、共青团市委主要负责人孙津川、史砚芬和贺瑞麟等相继被捕……

监狱内的贺瑞麟，抱定"为革命一死而荣"的信仰，无论敌人如何软硬兼施，他都从容应对，丝毫不惧生死考验。让他感到痛苦和失望的是：他所敬佩的孙津川、史砚芬等优秀领导被抓，尤其是亲眼看着史砚芬牺牲在自己之前的情形，以及他平时比较信任的王汇伯竟然成为出卖他们的叛徒，一种悲痛与伤感之情，交织在一起，让贺瑞麟常不能释怀。

"我要将心中的这份悲愤和痛苦写出来！写出来——"从8月30日被押到宪兵司令部监狱那一天起，贺瑞麟已经清楚自己的生命所剩无几，于是开始写《九月日记》。这里先摘他的几篇日记，可以看出狱中的一位青年革命者的胸怀——

1928 年 8 月 31 日　星期五　晴

从今天起，精神上又起了变化，又陷入昏沉沉的半兴奋的不安状态，是受了朱如红的死的影响，抑是怎样，我完全分不清楚。

精神不安定，当然要回到吃酒的路上来，这差不多已经成了狱中常例，此种现象，今晚特别表现得厉害些，同时在大家不顾一切的吃酒行为中，似乎带了些饯别的意味，并且是到雨花台去的死别。一种不可名状的思潮，深深的（地）泛浮在我的脑中，振（震）耳的歌声，谈笑，我全说不出我这时心中是一种什么味道。

我今后怕是要成了世外的人了，直到我死的一刻，倘若我不久就要到南门去的话。一切都与我无关了，一切都失了生命，这大概就是所谓绝望的悲哀，生之留恋，死之预感吧！唉！

十八年后又是一条好汉，我似乎已经听到三个被杀的犯人在临死这样讲。是迷信还是伤感的话，我暂且不管，我相信我是不信任何迷信的人，对于这句话，我现在似乎有些微同感，到底是怎样，我不敢再写下去了！

人之将死，其言也善。对于几个好献假殷勤的分子，我恨到极点，比对于麻木不仁的东西的愤恨还要凶些，事实上他们的虚伪的手段太浅薄了，其实……唉！梦里不知身是客的人儿，又何常（尝）不可怜！

为了姚佐唐的缘故，我今天又会一次法官，这是来此的第三次了，不知以后还有几次会法官的机会？

1928年9月1日　星期六　晴

是秋凉时候了，黄昏时分，一阵秋风，掠过院中的桐树，萧飒之声，传进我的耳鼓，似曾相识的凉气，浸入我的内心，向来自命为麻木不仁不惯伤感的我，不禁引起悲伤的情感，暗暗的（地）叫了一声："秋天到了！"我的心神有些不安，头部渐渐地觉得有几分沉重。

我抵制不住突如其来的压力，终于抛开手中的抄本铅笔，昏昏的（地）睡下。

"往事不堪回首，其实又何必回首呢！"我常时（时常）这样劝我的朋友，然而"人类是有感情的动物！"，不幸的谦兄向我说的一句话，我今天确实相信了。

想起去年今日，已经快是中秋节的时候，父亲，亲戚，小老板，十三号，玄武湖，火车站，错杂地涌泛上心头；翻来覆去，越演越烈，最后全盘的思潮归结到阿佩一人身上，快够一年不见面的人儿，为了无谓的波动，不知又要憔悴了多少颜容，倘若天缘凑巧，立即能会一个面，是哭是笑，是沉默抑（或）是狂呼，我完全不能并且不敢推想和断定，但是这全是空想，全是睡前的幻梦！

明天又是星期日了，时间过的（得）如此地快，遥想前途，不觉又起了渺茫的身世之感，不久的不久呵，我将要开始一种新的单调生活，永远地徘徊于固定的铁栏下，但是也或许到另一个理想的乌（无）何有之乡，永远地长别这个世界！

"有酒无肴，为之奈何？"今晚的玫瑰露酒，是过来最好的一次，仅仅一角钱的花生米两个皮蛋，居然下了那样多的酒，在趣味上说今晚也算第一次。今后还能再有次这样的生活，谁也不能断定。

……

夜晚三时，送来大批的强盗，其中的一半（四个人）都上了脚镣，并且送一个人到我们号子里，当时我的私心起了一层薄薄的恐慌，白天才走了几个人，方期今晚安然睡一夜，不料半夜却有人来，万一……岂不是又要回到前两天的从未尝过的污龊生活吗？结果幸而……

1928 年 9 月 3 日　星期一　阴

初秋的黄昏，站在囚室外的院中，吹着凉人的秋风，沐着绵绵的秋雨，整个的身，陶醉在自然中，此种生活，怕难有第二次的重顾了，今天是值得留恋的一日。

1928 年 9 月 4 日　星期二　晴

王战找保释放，傅宝山呈禀请求保释，第一批大概有解决的希望了，不幸的人儿，快要有了归宿！

左右茫茫，前途悠悠，自己的问题呵，几时能够？

日来关于霁的影子，似乎逐渐的（地）有趋于消逝的形势，偶一想及，追念之中，新增了些怀疑的成分，想像（象）中的他，完全是一个被征服于恶势力下的锋芒逼人的青年，一举一动，都要受无理由的约束……

父亲呀

不久你会得到我的信

请莫过于悲伤吧

这是必然的结果

父亲呀

不久你会得到我的信

请莫过于忧愁吧

这不过是我二次的不幸消息

父亲呀

不久你会得到我的信

请莫轻信谣传吧

人与人间原是隔阂的

父亲呀

不久你会得到我的信

请莫忽视我的要求呀

我们除了经济的关系以外还有什么呢

　　把一个活活的人强制成半死的尸身，祖宗们的遗产，真太残酷了，写到这里，我不禁要唱出一段歌曲：

　　想我们受过多少奴隶劳动的沉痛！

　　我们的可怜青年不知陷在地狱中！

　　阴沉黑暗的遗传，锁住了我们的思想！

　　……

　　这是一个十九岁的革命者的呐喊与呼号，面对着死亡和流血，他有孤独，有苦闷，但没有消沉与沉沦，而是自我鼓励与激奋。

　　中秋节那天，贺瑞麟以为自己的"死期"将至，于是他写下了堪称"绝笔"的《死前日记》：

　　　　今天是中秋节，是我"死前日记"的开始。

　　　　9月日记预定的五十页还没有记完，昨天忽然逢到砚芬兄等死难的惨事。当我提笔写了昨天的一段日记后，有一种使我不能制止莫名其妙的力，我不能再继续在我的日记上写下去。

　　　　本来以杀共产始以杀共党终的我的"九月日记"，虽然只有短短的过程，似乎已到了结束的时代。如红的热血未干，砚芬的呼声又起，我狱中的第四次的死前日记，一定无疑的结束在我被拖去雨花台之前，这是毫无疑义的推断。我只要负起最后几天的使命，把握预定的几十页之一的部分，涂上些鲜暗不同的墨迹。此外我没有别的愿望了。

砚芬同志啊，你在雨花台下静候着我吧，我要穿起青绿色的贡呢夹袍的一角，与你共赏雨花台旁的埋葬着冤枉鬼的荒丘的夜月。

从 9 月 22 日下午二时起，我们被紧关着的号子忽然紧张起来。老杨请求交保释放不许。许多难友都停止了接见。在那几天，我们以为监狱又要搬迁。能在中秋节日，在所谓首都的警察司令部要犯重地禁止窥看的小房之中，过一个中秋节。中秋佳节前，却霹雳一声，严厉检查得连开水都没有吃，顺便把史砚芬等四人拖向雨花台枪决。从那一刻起，狱中的空气严肃得没有一分钟不在急剧的变化中。一方面，第一批犯人当日下午一定要搬家了。离情之外，反衬着一层私自庆幸，庆幸自己立即被处决了的命运。同时，在后一批案件的我与我的同伴孙津川君，不言而喻的（地）证明了不久之后也要与砚芬兄一样的（地）被拖向南门，眼巴巴的（地）就要与我最亲爱的同志、最融洽的难友作殊死别。我从来没有流过泪水的，我不禁有几次潸然泪下了……

我漂泊的生活已有十年了。屈指算来，这十年中我也别过最亲爱的友人远行，我也送过我最知己的同学离乡。死的活的不知经过多少次的分手送别。至于与父母哥哥分手言别，更不知有若干次了。我也曾为别离而依依不舍，为亲朋好友的远离而哭到不能自制。但那就是童年时代天真的人情之流的表现，总没有这次伟大悲壮愤慨的凄伤……

啊，去了，去了！永远的别了！同志们最后的一次对望啊！千金一刻，今生今世只此一刻了。努力啊，努力你们的前途。

我，我不久就要步砚芬的后尘而去了，到雨花台去了，永远的别了，同志们，祝你们早日成功。未来的世界终归是我们的！

这是一个自知生命即将结束的年轻人的心声，他写得悲切，写得深情，写得凄美，读后让人无不心痛与心酸……同时又感到一种强大的力量，这力量就是信仰和意志的壮丽与壮美。

贺瑞麟是位多愁善感的年轻人，十九岁的他老成而又激情，他在给自己父母的遗书中这样说：

亲爱的父亲、母亲：

你们不要为我的不幸而流泪呵！父亲、母亲！我是永远的（地）抛弃你们而去了！我为何而死？死于何人之手？你们大概已经知道，我这里用不着向你们多讲，我为什么要这样？似乎也没有多述说的必要，只要我自己无愧于心就够了……

他不想让父母太伤心，也不想说得太直白。但他认为必须向父母有所"交代"，因为他觉得以往自己在父母面前实在太"不听话"，可这都是为了革命。革命是要杀头的，所以他不想因自己的革命而再让父母受难，于是他只能这样表达。

一种孝子对父母的歉意的无奈表达。

他对姐姐和姐夫则这样说："我现在是死了，为了革命而死了。你们待我的一番热情，我是永远不会忘记的……"

是要走了。

是到雨花台的时候了。

中秋节过后的秋里，天气更加肃杀与枯干。贺瑞麟的身子突然一个冷战："兄弟，我在这儿等你呵！"

是砚芬兄啊！贺瑞麟猛地一醒，却意外地感觉自己不再寒冷了，而是浑身有力量了！他竟然勇敢地站立在狱门前，等待着狱警喊他的名字……

于是他唱了起来：

　　饥饿的鞭子转、转、转

　　血腥的机轮碾、碾、碾

　　劳动者的血汗交流

　　森立的汽笛呜咽

　　被欺压的劳动者

　　全世界的劳动者团结起来呵

　　高举红旗

　　把资产阶级的统治推翻

　　彻底推翻——

　　"砰——砰砰！"他听到那罪恶的枪声，似乎又看到一道道罪恶的火焰向他的生命射来，然后把他的心胸与头脑分裂，再便是鲜血流淌了一地，一直到他的眼前出现一片红印……

　　那是什么？是党旗呵！

　　他竟然笑了，在生命的最后一刻，他留给敌人的是一个共产党人面对死亡的微笑……

　　一个十九岁的年轻人告别世界时的微笑。

第五章

中央特科队员魂祭金陵城

雨花台烈士纪念馆序厅的烈士英名墙上，镌刻着龚昌荣烈士的名字。这位烈士在我的心目中留有特殊的印象，因为他牺牲的方式跟其他烈士不太一样：敌人很残忍地采用了绞刑，将其杀害。至于为什么，我猜测是敌人对这位中共特科机关的"杀手"恨得咬牙切齿，甚至恨不得将其一块块刀剐……

是的，对敌人而言他是如此可恨。可龚昌荣对我革命阵营来说，他就是一个"宝"，因为他在那个特殊的恶劣环境下，专门负责除掉革命阵营里的那些叛徒和内奸。而且由于龚昌荣功夫高超，几乎想杀谁谁就很难逃脱，这就让当时的国民党敌特机关吓得胆战心惊，欲除之而后快。

中央特科是中共中央根据当时严峻的革命形势所成立的一个特别部门，全称叫"中国共产党中央特别行动科"，下设 4 个科：

总务科、情报科、行动科（俗称"打狗队"，也称"红队"）和交通（无线电通信）科。它既要对中央高层领导的安全负责，同时主要承担清除党内的叛徒、内奸等重要任务。对敌以暗杀为主要手段。特科活动主要在上海，中央机关撤离到苏区后，便取消了这一部门。

据曾在中共中央特科工作过的老同志陈养山介绍，特科发展还是有个过程：早先是1925年上海"五卅"大罢工爆发后，各工会系统为了维护罢工秩序，防止工贼、流氓破坏，纷纷成立了各种工人纠察队，纠察队的任务就是打击破坏工人罢工这样的"狗"，所以"打狗队"最初是这样叫出来的。后来随着敌我斗争的不断深化与复杂，工人纠察队不仅要对付工贼、流氓，更多的是要对付国民党特务和党内的内奸等破坏势力，所以"打狗队"的任务也在不断变化和调整。

1927年"四一二"反革命政变之后，以蒋介石为首的国民党集团对共产党采取了大屠杀，同时通过各种手段软化和分化革命阵营的同志，以致一些党内的同志背叛和变节，这些人对党的破坏力极大。为了惩治这些叛徒与内奸，中共中央于1927年"八七会议"之后，中央机关秘密搬回上海起，便根据当时的形势，由当时的中共负责人周恩来亲自组建了特科，同时也开始与原有的上海工人纠察队的"打狗队"协调，合二为一，组成了比较专业的中央特科。最早的特科，先有一科，也叫"总部"，主要是负责特科的机关和保障方面的事。不久成立二科，陈赓任二科科长。这个科实际上是由专门负责打入敌人内部的谍报人员组织，它的成立对我方及时掌握敌情起到了不可估量的作用，包括大叛徒顾顺章变节后打入南京敌人阵营的钱壮飞及时送出情报、挽救在上海的中央机关等惊心动魄的事件，都是特科二科工作的卓越成就。

1928 年 4 月 15 日这一天，时任中共中央临时政治局常委的罗亦农，正在英租界的一个联络点与中共山东省委来的同志接头时，被一对混进革命队伍的投机夫妇出卖。英方巡捕特务洛克带领一帮巡警像饿狼似的将罗亦农团团包围，洛克用手枪顶住罗亦农的头，说："你是罗亦农！我已经找了你整整两三年了，这回你就别想再跑了！"

几天之后，蒋介石亲自下令对罗亦农"就地处决"。年仅二十六岁的中共早期领袖人物之一的罗亦农因此壮烈牺牲……当年的老同志曾有回忆道，周恩来听说他的战友牺牲后，痛哭许久。不日，党组织决定成立清除叛徒、内奸的特科第三科，俗称"打狗队"，专门清除那些投降于国民党反动派、苟且求生的贪生怕死者和灵魂肮脏者。

"打狗队"成立后有过不少成功案例：

比如出卖罗亦农的叛徒夫妇何家兴和贺治华，这两人都曾留学德国，回国后在罗亦农领导下做秘书工作。然而他们迷恋资产阶级生活，并不能遵守党内秘密工作的纪律，罗亦农为此多次严肃批评，两人因此怀恨在心。当时地下工作者每人每月只能发20元生活费，自然无法满足何、贺夫妇所想的享乐生活。于是这对叛徒便与租界的巡捕房密谈，以十万元的代价，出卖中共中央在上海的十几处机关地址，包括一批重要领导人，然后打算逃到国外去。罗亦农是他们第一个出卖的对象。迅速成立的"打狗队"，第一个任务就是惩治了这对狗男狗女，并且成功地保卫了中央机关的安全。

　　1929年8月，中共中央军委负责人彭湃、杨殷、颜昌颐在新闸路经里12号2楼的军委秘密机关开会，本来军委书记周恩来也要参加此次会议，由于临时有要事处理未能成行。就在开会时，在场的彭湃、杨殷、颜昌颐等被国民党上海公安局和淞沪警备区宪兵两股敌人包抄后当场逮捕。此次敌人的行动，对我军委机关的破坏前所未有，尤其是彭湃、杨殷、颜昌颐这三位都是我党、我军早期的杰出领导人，可以说，除了周恩来幸免以外，其他军委领导几乎被"一网打尽"。周恩来得知这一情况后，紧急采取措施，决定尽一切可能营救彭湃等被捕人员，具体行动的方案是：在敌人将彭湃等从国民党市公安局押往龙华警备司令部的路途中，用武力抢出彭湃等人。那一天，特科成员几乎全部出动，事先化装成拍电影的，有的装作摆摊的。可惜由于枪支运来的时间迟了，结果误了战机，营救行动被迫取消。

敌人对抓捕彭湃、杨殷、颜昌颐等中共军事领导人，欣喜若狂，在百般诱惑不成时，立即进行了屠杀。我党这几位杰出的军事领导人从此成了革命烈士……

彭湃牺牲时三十三岁，这位被毛泽东称为"农民运动大王"的广东海丰农民起义领袖，是南昌起义的领导人之一，与毛泽东一起在广州创办农民讲习所，"八七"会议上当选为政治局候补委员，在党的六大上当选为中央政治局委员，后任中央农委书记兼江苏省委军委书记，新中国成立70周年时被评为"100位为新中国成立做出突出贡献的英雄模范人物"之一，可见彭湃在中国革命历史上的地位。

杨殷比彭湃大三岁，牺牲时三十六岁。他与孙中山是同乡，少年时就深受孙中山革命思想影响，又是习武之人，英勇果敢。1912年杨殷加入国民党。1914年秋，他得知袁世凯的得力将领、时任上海镇守使的郑汝成是指使杀害国民党领袖宋教仁的幕后人物后，趁郑骑马出巡时，杨殷突然从横巷冲出，向郑投掷炸弹，将老奸巨猾的郑汝成炸了个半死。杨殷在现场镇静自若，假装理发，巧妙地躲过了警察的追捕与搜索，从此在革命队伍中威名远扬。1917年，孙中山在广州成立护法军政府，任大元帅。杨殷被孙中山提拔到身边任卫队副官，人称"帅府师爷"。1922 年，追求进步的杨殷秘密加入中国共产党。这一年，他到了莫斯科，深深地被列宁的社会主义苏联所吸引，更加坚定了共产主义信仰。国共合作时期，双重身份的他积极推进孙中山的"联俄、联共、扶助农工"的三大政策，因为经常组织工人罢工等活动，所以在广州等地的工人中享有很高威望。1924 年开始，杨殷一直在时任中共广东区委书记和中央军事负责人的周恩来身边工作，协助周恩来领导工人运动和武装斗争，奔波于广州和上海之间。他是著名的省港大罢工的领导者之一，与邓中夏、苏兆征一起指挥了这场抗争了一年多的大罢工。"四一二"政变后的 4 月 15 日，国民党在广州也开始屠杀共产党人，邓培、何耀全等中共中央委员和中华全国总工会领导人均被害。特务冲到杨殷家时，功夫在身的杨殷跃身从后窗口逃脱。之后他和张太雷、叶挺、恽代英、叶剑英、聂荣臻等领导了著名的广州起义。1928 年 6 月，杨殷赴莫斯科出席中共第六次全国代表大会，又被推选为政治局候补委员，并任中央军事部部长，一直到 1929 年 8 月 30 日牺牲之日。被捕后，蒋介石多次派要员去"说服"杨殷，说："你是老同盟会会员，又是辛亥革命的功臣，只要回心转意，可安排一个高级官职，任你逍遥快乐，享受荣华富贵。"杨殷断然拒绝，并严厉地告诉敌人："共产党人的事业是崇高的事业，总有一天会成功！我杨殷选择这条革命道路后，就没有想过回头半步！"枪毙他的那一天出狱门时，他笑对难友说："朝闻道，夕死可矣！"

颜昌颐烈士我们知道得很少，其实他也是位我党早期了不起的军事领导者。这位牺牲时才三十一岁的革命家，从小就在自己的案头写下了"人贵立志，学贵有恒，锲而不舍，事必有成"的人生座右铭。1918 年 7 月，颜昌颐在湖南家乡，在毛泽东和蔡和森等组织的"新民学会"帮助下，登上了赴法国勤工俭学的司芬克司号轮船……在法国等欧洲国家的留学过程中，颜昌颐接受了进步的马克思主义思想。1921 年年底他回到上海，次年经邓中夏介绍，加入中国共产党。1923 年 10 月，颜昌颐由党组织安排，与陈毅、贺果等被驱逐回国的勤工俭学生进了北京碧云寺的中法大学学习，并担任中共中法大学党支部负责人。陈毅、贺果等人都是由他介绍，从中国社会主义青年团转入中国共产党的。1924年 9 月，颜昌颐受党指派，赴莫斯科东方大学学习军事，后与叶挺、聂荣臻等二十多人被抽调入苏联红军学校中国班学习和训练。1925 年 8 月底，由于国内革命斗争形势发展的需要，颜昌颐和军事班的同学们奉调回国，在上海参加筹建中共中央军事部的工作。1926 年 10 月至 1927 年 3 月，颜昌颐是上海工人第二次、第三次武装起义的领导者之一，协助周恩来和赵世炎在一线指挥战斗，立下汗马功劳。1927 年"四一二"反革命政变爆发后，中共中央临时政治局常委决定发动南昌起义，颜昌颐奉命与聂荣臻、贺昌等赴江西省九江工作，策应南昌起义。南昌起义失败后，党组织又派他到广东海丰等地，与彭湃一起领导当地起义。战斗中，颜昌颐多次身负重伤。1928 年 7 月，组织决定送颜昌颐去香港治疗。不料由于香港的中共广东省委机关地址发生变化，颜昌颐无奈只能在难民收容所存身。四个月后，他历经千辛万苦，辗转回到上海，在街头拖着病体踯躅月余，才侥幸找到党中央。"老颜是你啊！""老彭是你啊！"让颜昌颐想不到的是，在军委机关里，他又与生死战友彭湃相遇，并从此一起工作，直到同时被捕和牺牲。

　　与彭湃、杨殷、颜昌颐一起被捕并牺牲的还有位烈士叫邢士贞，也是军委干部，他们的遇难，震惊了中共中央。1929 年 9 月 30 日，中共中央机关报《红旗日报》发表《颜昌颐同志事略》，介绍烈士生平。1930 年 8 月 30 日，周恩来在《红旗日报》上发表《彭、杨、颜、邢四同志被敌人捕杀经过》，指出："彭湃、杨殷、颜昌颐、邢士贞四烈士的牺牲是中国革命、中国共产党之很大损失！"

　　中央特科还有许多成功案例。比如 1928 年秋，国民党上海警备司令部有一封密信交给了英租界捕房拆阅，信上写的是混入我党内的内奸戴冰石向警备司令部提供沪东区工会秘密机关的情报。这封信被我党打入英租界的特科人员鲍君甫看到，于是他立即将这一情况报告给了党组织，将内奸戴冰石除掉了！同样是这位打入敌人心脏的鲍同志，他利用特殊身份，在 1930 年向党组织秘密报告了这样一则消息：一位刚从莫斯科回国的曾是黄埔军校一期学生的人，在蒋介石那里吹嘘自己可以直接与周恩来见面，蒋介石听后十分惊喜，把任务交给了特务头子徐恩曾处办。这事被鲍同志得知后，他立即向党报告了。特科立即对那位名叫黄第洪的人进行侦察调查，发现其人果然有投敌表现，很快将其除掉，保护了周恩来和党中央的安全。

现在听这样的故事，似乎很平常，然而在当时、对当事人来说，都是争分夺秒的惊心动魄之事，使一个人、一个重要人物甚至整个中国共产党的命运悬在一丝线索上……特科和特科"打狗队"的意义就在于此，它稍有闪失，就是惊天动地的事！

我们现在介绍的这位雨花台烈士龚昌荣，就是中央特科的"打狗队"队长，属于特科三科。1934 年 11 月，龚昌荣不幸在上海被捕，1935 年 4 月 13 日在南京被敌人残害。

龚昌荣在上海的时间虽然只有三年多，但当时是我党面临的最困难、最危险的岁月，敌我力量悬殊，敌人对我党组织的破坏程度也是前所未有的，党内的叛徒和内奸层出不穷，我党组织机构和重要领导人一个个被害。最严重的就是负责中央特科工作的中共中央政治局候补委员顾顺章在武汉当了叛徒。顾顺章此时已经在帮助国民党特务机关残害中共党员和组织，原中央特科人员王世德又成了叛徒，他们对原本的同事与"下级"的"打狗队"队长龚昌荣，太了解了！

能当"打狗队"队长的人当然不一般。龚昌荣自然是陈赓向周恩来推荐的合适人选，这样的人选必须是：对党绝对忠诚（但有时随着形势的变化，人也是在变化的，顾顺章和王世德就是例子）、武功高超、组织能力强、处事冷静果断等等，最重要的还必须有实战经验。

龚昌荣是广东新会人，1903年出生在一个贫苦的农民家庭，在他很小的时候父母因生活所迫，将其卖给了一个为洋人做厨师的旅美华侨龚福荣家当养子。龚昌荣就是在这种生活环境下度过了童年和少年。"五四"运动时，龚昌荣正在上中学，阅读进步书籍后让他有了追求。特别是当地农民赤卫队领导人是位共产党员。中学毕业后，龚昌荣就跟着这位共产党员参加了革命。1925年省港大罢工中，龚昌荣成为工人纠察队队员，并入了党，后担任纠察模范指导员。广州起义前夕，他出任冲锋在最前面的"敢死队"队长。广州起义打响后，龚昌荣的队伍配合教导团，一举攻占了敌公安局。次日，广州起义总指挥张太雷在途中被敌人伏击牺牲。正在执行任务的龚昌荣得知后，迅速赶到现场，一面组织队伍将袭击张太雷的敌人消灭，自己则冒着枪林弹雨护送张太雷的遗体转移到起义总指挥部。此时形势万分危急，敌人一次次围攻起义总指挥部，龚昌荣的敢死队连续打退了敌人多次进攻。

广州起义失败后，龚昌荣转移到海陆丰，参加彭湃领导的农民起义。由于龚昌荣练就一身武功和好枪法，所以常能神出鬼没地袭击敌人要害之处。有一次掩护大部队撤退，他独自一人躲在一个山坡上，居高临下阻击敌人。敌人几次进攻我撤离部队，结果皆被龚昌荣的单枪击退。此次战斗，让龚昌荣名声再度大震。又有一次战斗，龚昌荣一个人冲到敌人阵地，与敌人面对面地对打，最后敌人全部被他歼灭，龚昌荣的头发也被敌人的子弹扯了一大把。彭湃和邓发夸他说，这个"龚傻子"，打仗真行！

1930年7月，龚昌荣调到中共香港市委担任"打狗队"队长。仅三个月中，龚昌荣带领的"打狗队"严厉惩罚了几十条"狗"，其中包括国民党特务头目、香港当局侦缉队长。港英政府和香港当局大为震怒，到处张贴通缉令，企图逮捕龚昌荣。党组织根据这种情况，及时将龚昌荣调到上海，去执行保卫党中央的重任。

龚昌荣出现在上海滩后，多次让国民党特务和那些我党的叛徒们心惊肉跳，因为他出手太快、太准，又绝不留情。有一次龚昌荣正在老虎灶前喝水，忽然看见一名叛徒正在街头跟踪我地下党同志，龚昌荣便不慌不忙地掏出手枪，"叭"的一枪将那叛徒当场击毙。当时现场的特务目睹这一景，吓得目瞪口呆，一时竟不知所措，等特务们反应过来时，龚昌荣早已远走高飞。从此，上海街头流传一则传闻：有个非常非常厉害的手执双枪的"广东佬"，他要想收拾哪个人，只要抬手一枪，就百发百中。

对于上海滩的中共"打狗队"的行动，南京国民党反动集团恨得咬牙切齿。1932年，南京方面秘密成立了一个特工总部上海行动区，派大特务史济美任上海区区长。史济美是出名的心狠手辣、镇压共产党人的老手和高手。他到上海后化名"马绍武"，表面上是国民党中央驻沪调查专员，实际上是专门对付龚昌荣他们的"打狗队"和中共中央机关。

"必须把此人干掉！"龚昌荣向上级请命，并很快获得批准。经过一段时间，龚昌荣他们获悉新闸路斯文里有一个地方是史济美与特务接头处。于是龚昌荣即带几名队员准备干掉史某人，但由于行动时被放风的特务发现，史济美便吓得缩了回去，不敢露面。1933年7月的一天晚上，龚昌荣他们得知当日史济美要在一家妓院请客，他立即带了一队队员骑上自行车，迅速在妓院附近守候。不一会儿，史济美果真出现，当他下车走进小花园时，只听"叭"的一声尖厉枪声，子弹射向他的脑袋……但狡猾的史济美一闪躲过一劫，随即拔枪回击，企图抵抗。说时迟，那时快，只见龚昌荣骑着自行车，直对着史济美，飞驰上前，"叭"的又是一枪，将这位赫赫有名的大特务当场击毙！

龚昌荣屡屡出手成功，打得国民党特务机关和特务们灰头土脸，气得直跺脚，发誓要把这位"共党"的"打狗队"队长"千刀万剐"。

"娘希匹，你们不把他干掉，你们自己就没有活路！"连南京的蒋介石都怒不可遏，限令上海行动区必须及早清除龚昌荣和他的"打狗队"。但龚昌荣他们来无踪去无影，敌特们根本找不到下手机会。

1934 年秋，中共中央上海局书记盛忠亮（此人后来自己也叛变了革命）认为所属工作人员翁某已叛变，令龚昌荣他们处死翁某。"打狗队"派队员胡陵武执行这一任务。胡向翁某打了一枪，未中要害。国民党特务机关认为这是引出"打狗队"的机会，于是他们便把翁送到仁济医院，随即在医院外面布置了暗探与特务。当时身为上海局书记的盛忠亮害怕翁某带敌人来抓捕他，竟不顾"打狗队"安危，一再下令让龚昌荣去除掉翁某，而且限时"一周内必须将翁干掉"。

这项任务太危险和艰巨，龚昌荣和另外两位负责人赵轩与孟华庭亲自带着"打狗队"出面行动。

10 月 26 日这一天，"打狗队"副队长赵轩打扮成一位富商，手捧鲜花，高调地走进仁济医院。龚昌荣则手提大袋点心水果，随其在后。孟华庭等则守候在外，准备接应。赵轩与龚昌荣步入翁某的病房，这时翁某正在病床上睡觉。龚昌荣站在病房门口注视着走廊两头动静，赵轩则迅速拔枪后疾步而上，对准翁某头部"叭叭叭"三枪，翁某当即死亡。枪声响起，医院顿时大乱。守候在各方的敌特分子闻声将病房包围起来……龚昌荣迅速举枪把前面几位敌人击毙后，又与赵轩左右开弓，击退走廊两边的敌人。这时，医院门口各种扮装成小贩和病人的特务们，企图蜂拥而上，妄想堵住医院大门，结果被孟华庭他们全部击退。等到敌特分子的援助队伍赶到时，龚昌荣他们早已消失在人群之中……

上海滩再度把"广东佬"的传闻和"打狗队"的故事说得有鼻子有眼，一句话："共党"这帮子人太厉害，特务们私底下都在议论"吃不消""太吓人了"！

然而，敌人对龚昌荣他们的"打狗队"无可奈何之时，身为中共中央上海局书记的盛忠亮却在被捕后当了大叛徒，他招认的其中一个就是将龚昌荣及让敌人闻风丧胆的中共特科主力"打狗队"成员给出卖了。

借着盛的大量情报，敌人即派一名叫"张阿四"的人打进"打狗队"，掌握了龚昌荣和其他队员的住址。当时龚昌荣住在法租界巨赖达路（今巨鹿路）凤翔银楼二楼。11月的一日，风雨寒萧，龚昌荣夹着雨伞从家里出来，盯梢的特务随即跟紧，在车站旁龚昌荣已经发现有人，便拔腿飞奔，哪知一下蹿出十几个特务将其团团围住。龚昌荣奋力反击，一连击倒数敌，但终因寡不敌众被捕。与此同时，赵轩、孟华庭等"打狗队"成员也被大批特务抓捕。

这是中央特科史上的一次重大损失，"打狗队"几乎全军覆灭。国民党特务机关好不得意忘形，想借龚昌荣等之嘴，将中共在上海的机关和组织再来个毁灭性的打击，于是在上海警察局将龚昌荣等打得皮开肉绽，企图让他们招供。然而敌人太低估了真正的中央特科的钢铁战士。龚昌荣等根本不畏这些皮肉之苦，他们为了党的事业，赤胆忠心，从加入"打狗队"的那一天起，就时刻准备为了保卫革命成果与中共中央及上海地下党组织而牺牲自己。

无奈，在上海解决不了的事，南京方面只能把龚昌荣等押解到蒋介石鼻子底下的国民党本部来处理，企图以各种软硬兼施的手段，来让龚昌荣他们就范。

其实，敌特机关所使用的也就那么几招：先以"优待"来诱惑，然后就封官许愿。不过这次敌特机关确实挺有"耐心"，如此"优待"了龚昌荣等几个月，均无"收获"，中途还差点出了"毛病"：一次特务头目来劝龚昌荣，结果手脚灵敏的龚昌荣趁身边的看守不备之时，夺了他身上的枪就打，可惜那枪里没有子弹，否则真的是又一场好戏。

"这帮死硬的共党，只有枪子能够解决他们的！别费心思了！"

蒋介石听下属汇报后，命令极刑处置以龚昌荣为首的中央特科的"打狗队"4名重要领导和骨干。

"该到雨花台了！"龚昌荣知道自己和战友们没几天日子了，曾想看一下妻子在狱中生的小儿子，但怕连累他们，最后把这份骨肉情感深深地埋在心里，一直将它带到天堂……

1935年4月13日下午4时，中国共产党忠诚战士、我党特科勇士龚昌荣和他的战友赵轩、孟华庭、祝金明，被国民党宪兵司令部军法处在他们的大院里处以极刑。

这是反动敌特机关第一次使用绞刑，所以连行刑的刽子手都是临时训练的。可见敌人对龚昌荣他们恨到什么份上。

英雄就义前，狱中的一位牧师曾为龚昌荣他们做了祷告，他事后对人说："我今天才相信有比基督受难时更显得伟大的人。基督受难时，他人已经昏迷过去了。可今天我亲眼所见几位共产党人在与我们告别时，神情是清醒的，脸上丝毫没有畏惧感，充满了对自己的信仰的自信和自豪，实在让人打心底佩服！"

龚昌荣等被害的事件，在南京《新民报》以显眼的位置刊出，人民无不为这些英雄的精神所感佩，而像龚昌荣这样的共产党人的光辉形象则在紫金城里再一次闪耀着光芒，他们对党、对共产主义忠诚的灵魂永远飘荡在雨花台上空……

第六章
"共舞台"血溅雨花台

在雨花台烈士中,有这样 13 位共产党人和革命群众因所谓的"共舞台案"而被敌人一起拉到雨花台残杀,这起血腥的屠杀也一度在上海和南京两地引起强烈反响。

上海的共舞台很出名,今天你从虹桥车站或机场出来往城里走,在延安东路高架桥的环路上可以看得到"共舞台"旧址,它紧挨着"大世界"。1925 年,上海滩独霸天下的流氓大亨黄金荣与他的两个"把兄弟"合开了三鑫公司,在此基础上,又先后开办了荣记共舞台、荣记大舞台、黄金大戏院、日新浴室、大观园浴室等。这个位于延安东路 433 号、靠在"大世界"东面之场所,起初黄金荣给它取名为"共舞台",意思是男女"共"演的戏院舞台。在中国的古装戏里,以前都是男的上台演出,女的是不能上台的。当时赫赫有名的大世界游乐场为了吸引更多的人,同时又迎合"新潮",开创了"男女同台"的共舞台。它为黄金荣私产,1930 年开张唱戏,以演出京剧为主。

1933 年,共舞台更名为荣记共舞台,除了演戏外,还借用舞台拍电影。1936 年 3 月 9 日下午,英国著名喜剧大师卓别林带着《摩登时代》女主演,他的未婚妻宝莲·高黛环球旅行抵达上海,下榻和平饭店。曾在美国演出并与卓别林结为好友的梅兰芳,接待了卓别林夫妇。当晚,卓别林由梅兰芳陪同前往共舞台,观看了京剧连台本戏《火烧红莲寺》。

一代京剧名伶关肃霜老师把上海称为"第二故乡"。1946 年,十八岁的她随师父戴绮霞、王韵武从家乡湖北到上海搭班,在共舞台(当时法租界的八仙桥,现延安东路)演出。1949 年前的共舞台以机关布景和演出长篇连台本戏的海派京剧出名。当时,上海的京剧舞台繁荣昌盛,南北名角云集,好戏迭出。

1949 年后的一段时间,人民政府仍允许黄金荣经营大世界和共舞台。直到 1954 年 5 月,上海市文化局接管了这个剧场,去掉"荣记"两字,正式定名:共舞台。

1958 年 2 月,越剧《红楼梦》在上海共舞台与观众正式见面,首轮就演出了 54 场,徐玉兰饰演的贾宝玉、王文娟饰演的林黛玉、陈兰芳饰演的薛宝钗、唐月瑛饰演的王熙凤、周宝奎饰演的贾母……从此这些演员也名扬神州。之后,共舞台一直是上海舞台演出的主要场所。著名的《苦菜花》和《芦荡火种》皆于此首演。

共舞台在革命史册上也有它的特殊贡献，那就是1932年的"共舞台事件"。"事件"的过程大概是这样：

1932年7月17日，中共地下党团组织和革命群众在当时被称为沪西共舞台的地方开大会，不想被国民党反动派包围堵袭，现场共有88人被捕，其中有不少是共产党员和共青团员。后来国民党把这些人分批处置，其中13人被拉到南京雨花台杀害，有近60人被判两年以上至十五年不等的徒刑。这就是震惊一时的"共舞台事件"。当时南京、上海等地报刊，尤其是国民党执掌的报纸，都以大篇幅报道，声称"捕获大批共党""本案关系甚大""事关颠覆党国"等，造成很大的社会影响。

这起"惨案"的发生，与当时国内外政治形势有着密切关系。大家知道，自蒋介石1927年4月18日宣布在南京成立国民政府后，表面上中国完成了形式上的统一，其实当时各地的军阀势力依旧林立，相互之间的矛盾尖锐，军阀混战从未间断过。到了1930年，终于演变成蒋介石讨伐阎锡山、冯玉祥、李宗仁的"中原大战"。此次战争历时七个月，生灵涂炭，国家处于四分五裂状态，让日本军国主义有了可乘之机。1931年9月18日，日本蓄意制造"柳条湖事件"，最终酿成东北三省沦陷。

以蒋介石为首的国民党政府在对外关系上奉行"攘外必先安

内"的方针，在国内则把精力放在打击苏区和"围剿"红军上。日本亡我之心不死，公然变本加厉，在 1932 年 1 月，又在上海制造了"一·二八"事变。在如此民族危亡的严重关头，国民党阵营也出现了抗日派和内战派。中国共产党领导下的革命根据地和广大人民群众，自然坚决反对日本侵略，于是也有了一次次反蒋介石、反日本侵略的游行到公开与蒋介石决斗和斗争的种种革命行动。尤其是 1932 年 5 月 5 日，南京政府代表与日本全权公使签订了《淞沪停战协定》，公然要求取缔一切抗日活动。忍无可忍的中国人民再也无法沉默了，抗日爱国的救亡运动由此在全国各界风起云涌、此起彼伏。

中共江苏省委按照中共中央要求，最先在 1931 年 9 月 21 日，于苏州召开了各界组成的反日会发表宣言，愤怒声讨日本的侵略行径；两天后的 23 日，南京又召开 20 万市民集会请求政府对日宣战；24 日，武进县抗日救国民众大会宣传实行对日经济绝交，兴起抵制日货运动。

这一年年底，国民党在南京召开第四次全国代表大会。会议期间，蒋介石装模作样地表示："个人决心北上，竭尽职责，效命党国。"

"好嘛，老蒋既然有这话，那我们就要他付诸实际行动！"中共中央抓住这一机会，要求江苏省委和南京市委利用蒋介石的这个讲话意思，发起一场"送蒋北上抗日"运动。

11月25日，上海与杭州、北平、无锡、苏州各地学生一万多人齐聚南京。第二天，南京及外地学生共计两万余人，冒雨在公共体育场召开"欢送蒋总司令北上讨日大会"，会后到国民政府请愿，逼得蒋介石不得不出面。

"你说的要北上抗战！你保证！"

"对，我们要看你的手谕做保证。"学生们高呼着要蒋介石拿出实际行动和保证。

"我蒋某人说话是算数的！"蒋介天那天有点狼狈。他的"面子"更有些挂不住了，但他也不想当众失了"领袖"身份，所以借现场"没有笔"之由，扔下一句"你们要安心求学，拥护政府"的话，就溜走了。

"蒋介石说假话！他扯谎了！"身为国家"领袖"竟如此下作和卑鄙，此举引起广大爱国学生的更大愤怒。

12月13日，上海、北平、武汉、广州、安庆、苏州、天津、济南等地又有无数学生来到南京示威。三天之后的16日，上海又有3000名学生来到南京。几个时间段和不同方向来的示威团联合起来，决定第二天举行向政府施压的总示威。

17日上午9时，万余名学生游行队伍浩浩荡荡地从中央大学出发，来到国民党中央党部和国民政府所在地示威。部分示威学生在路过珍珠桥时，捣毁了《中央日报》编辑部和排字房，遭到武装军警的镇压，学生重伤三十余人，被捕六十余人。上海来的学生杨桐恒（共青团员），头部、胸部被刺伤，跌落珍珠河里死亡，这更激怒了全国广大学生和民众。

在中国共产党领导下的民众抗日爱国运动，再度被推向纵深——"全国反帝大同盟"正式形成，以统一和推动全国的反帝反国民党斗争，掀起新的运动高潮。

上海是中共中央所在地，又是日本帝国主义力量盘踞时间较长的地方，因此根据中共中央的指示精神，江苏省委为了进一步扩大和统一全省反帝大同盟，责成地下党组织为召开"全国反帝大同盟"大会做准备，并通过报纸等公开了筹备大会的通告，"公告"了大会的日期与地点——希望各地民众团体届时推派代表出席大会。这样的宣明，可以看出当时全国民众反抗日本侵略的决心和对国民党政府的强烈不满。

共舞台，就是预定租借的开会场地。然而代表蒋介石反动政府的国民党上海市公安局也与此同时发布了限制相关活动的"特别戒严令"。

敌我的行动已呈公开对立。一边摩拳擦掌，一边磨刀霍霍。

17日，在预定的时间、预定的地址，参加筹备会的各路抗日爱国的群众在地下党员和共青团员代表的组织下，从四面八方向设立的会场汇聚……

　　这天清晨，作为此次会议筹备负责人之一的复旦大学团支部书记温济泽与"上海民众反对停战协定援助东北义勇军联合会"（简称"上海民联"）青年部部长曹顺标（又名曹仁飙），提前赶到了沪西共和大戏院布置会场。7点不到，两人就到了戏院附近劳勃生路的接头地点。十七岁的曹顺标人小，但聪明机灵，那天他手里拿着一包会议文稿和传单，到达现场时，看到布置会场的几个伙计在戏台上睡觉，便悄然把带来的纸包藏在一个墙洞里，然后唤醒伙计："起来吧！啥辰光了！马上有人过来开会了！"说着，真的有参会的代表陆续来到。

　　"有点不太对劲！"温济泽突然紧张地说，"刚才我来的时候，看到戏院附近有不少形迹可疑的人，而且有的已混进会场。"

　　曹顺标急了："那怎么办？"

　　"找陈祖睿去！"温济泽说的这人是今天会议的主席团主席。

　　两人赶紧去找他反映情况。

　　"都到这份上了，不开也不行了！"这位负责人为难地看着已经有很多人的大会现场，说。

　　"那怎么办？"温济泽焦急起来。

　　"派三个代表到附近公安局，请他们保护我们开会。"负责人叫来武翰章、周正余、刘志超三位，他们都是不同大学的学生代表。

可是这三个人去了之后就没有再回来。"出事了！"等在戏院门口的温济泽立即意识到情况不妙。

果不其然，他突然看到三辆大卡车朝戏院飞驰而来。

"快解散！快撤——！"温济泽刚喊出两声，那三辆大卡车已经到了他们戏院跟前。

"不许动！谁也不许动！"一群手持步枪的警察立即将会场团团包围。

现场大乱，但谁也不知如何办。赤手空拳的参会者与全副武装的警察之间的较量可想而知。

戏院内的参会代表们尚在不知所措之时，公安局出动的警车和一百多名警员又将整个大戏院包围……

"坏了、坏了！坏大了！"代表们纷纷担忧起来。

也有人开始喊口号："我们不怕他们！同心抗日，爱国无罪！"

"对，爱国无罪！他们能把我们咋样？"

勇敢无畏的抗议群众情绪激昂而高涨。反动当局也不收敛，全副武装的警察端枪挥棍，嚣张地喊话："咋样？闹事者统统抓起来！"

"真抓人啦！他们真抓人啦——"

"快跑啊！"

现场开始大乱。人群开始无序地冲向前门后院，因为整个戏院只有一个前门，没有后门，而后院是高高的围墙。码头工人陈荣身材高大，只见他往墙根一蹲，又朝后面的人群一挥手，后面的人迅速踩在他的肩上翻墙而出。轮到温济泽时，陈荣竟然和他相互推让，结果后面赶来的警察已经冲到他们的面前，几把手枪一齐对准他俩，他们束手而捕……

再说戏院场内的人更无处逃离，持枪的警察们将现场的和躲藏在房间及厕所内的人一个个抓捕，一清点，共88人！

"走！走走！"

"统统上车！"

国民党警察吆喝着。

"去哪儿？"有人问。

"你说去哪儿？坐牢！吃官司去——"警察一边用枪托和枪刺顶着那些人，一边骂骂咧咧地将这88人全部押上车，然后拉响警笛，三辆警车"呜呜"地出了戏院，一路"威风"地宣扬着他们的"胜利"……

之后的几天里，上海滩真的"热闹"了：敌警察局的打手们忙着审讯、盘问，企图逮到共产党的"大鱼"；警察局外，中共中央和江苏省委、上海地区党团组织则忙着发动各种力量声讨和营救……

这样的较量似乎都在给社会表明各自的立场——

镇压者：看谁还敢"明目张胆"！

反抗者：我们爱国和抗日何罪之有？

镇压者：不服？那就示众！

他们真的干出来了：把所有关押的人戴上脚镣手铐，在上海闹市区游街示众……用本地话说：让他们"出洋相"。

反抗者：抗日、爱国无罪，我们永远昂首挺胸，无所畏惧！

他们也真的这样做了：在所谓的"法庭"与"公审"中一概不予理睬。

"反了反了！"正在江西"剿共"的蒋介石听说后火冒三丈：统统押到南京，交军政部军法司处置！

于是，在7月29日的深夜，上海共舞台事件中的"犯人"被分装两辆车，从淞沪警备司令部里押出，上了夜间的火车，在黑暗中呼啸地奔向国民党政府的"老巢"南京，等待他们的是一场罕见的"调查"与"审判"……

"说，谁是你们的组织者和领导者？"毒刑室里，在皮鞭、老虎凳和烧红的烙铁面前，有人面不改色、心不多跳；有人屈膝投降，充当了革命的叛徒。

在88人中，出现了几个告密者。国民党"法官"利用叛徒李典（又名唐桂生），一连指认了参会者中的李逢春（即李鸿春）、王灿、李文达等的身份，而那个李逢春又供出了中共江苏省委地址，并将在押人员中的一位叫萧明的年轻女团员出卖，同时牵出了在上海南洋肥皂厂任党支部书记的萧万才。萧家是中共江苏省委的一个秘密联络点，萧万才又是此次大会的组织者之一。敌人从叛徒那儿获悉这一"情报"后，立即到上海逮捕了萧万才，同时在他家抄出一些党的秘密文件。

萧家由此遭受"灭门"之灾——一家四口全部被抓。

"说，他是你的什么人？"

敌人把萧万才抓到南京后，让他年仅十四岁的女儿萧明（化名王小宝）当面确认其身份。

"我不认识这个老头！"萧明一扭头，死不承认站在她面前的人是自己的父亲。

"听到没有？她不认你是父亲，你不感到伤心？"敌人狡猾地问萧万才。

萧万才一声冷笑，说："我是有个女儿，可惜不是她。如果我真的有这样的孩子，当父亲的我会很自豪，因为她小小年纪也知道抗日爱国。可惜的是现在像你们这些国民党当官做老爷的人，好坏不分，连这样的孩子出来爱国也要坐你们的牢房，天下哪有这等公理？"

"啪！啪啪！"敌人的皮鞭抽打在女儿的身上，萧万才痛在心头，又不得不转过脸去不忍看这场面。

敌人找来出卖萧万才一家的叛徒来当场"对质"。萧万才和萧明就是不承认，弄得那个叛徒和审讯现场的国民党特务狼狈不堪。

最后敌人不得不放弃追问。十四岁的萧明本该被判枪决，实在因为年纪太小，后改为十八年徒刑。

萧万才的儿子二十岁，被判十二年徒刑。

萧郎氏是萧万才的妻子，平时负责帮助丈夫保管文件，但因为双目失明，被判保释。

五十二岁的萧万才，是整个"共舞台案"中被枪决的 13 人中年岁最大的一位长者。萧万才是苏北人，贫苦家庭出身，与郎氏成婚后，其妻按当地风俗，随丈夫姓氏，因而叫"萧郎氏"。二十世纪二十年代，上海的民族工业开始迅速发展，用工量大，苏北许多逃难的人便来到了上海滩。萧万才一家就是这样到了上海。萧万才靠拉人力车和做苦工为生，女儿自小聪明伶俐，七八岁时就送到了缫丝厂做童工。家在闸北区的萧万才，后来进了肥皂厂，入了党，成了地下党支部书记。组织觉得萧万才家革命基础好，就让他家成为了江苏省委的一个秘密据点。萧万才十四岁的女儿萧明后来也加入了共青团，参加了反帝大同盟，并任共青团闸北区委妇女部长。哪知"共舞台案"牵连了全家，叛徒出卖萧家后，萧万才尽力保护了女儿和妻子，却无法再保护儿子和他自己。

"老萧，你真了不起！"难友们得知他一家人被牵连入狱，十分敬佩最年长的萧万才。

"我感到很光荣，也特别开心，因为我的女儿在敌人面前不仅不屈服，而且表现得非常机智勇敢，不愧是党的好女儿！如果全中国的每一家人都能爱国，那帝国主义就不敢再欺负我们了！"萧万才说。

在牢房，所有男犯被剃光了头，胸前挂着"赤匪"的招牌被拍照、留指纹，然后再戴上重铁镣。每个牢房号子里都架着拥挤不堪的双层床铺，上下通铺，20人住一间。八月的南京本来就有"火炉"之称，这样的牢房内，更如火炉蒸烤，加之马桶尿粪之臭和蚊蝇横行，萧万才与难友们度日如年。

"想过好日子，简单呀：签字自省，脱离共产党！"敌人用种种手段诱惑萧万才他们。

"别废话！真正的共产党人是不怕死的。我们死都不怕，还怕苦？"萧万才蔑视着敌人的嘴脸，一身正气。

"最后再问一次：你真的不后悔？也不想反省？"敌人的枪口顶住萧万才，这样问。

"少废话，朝我胸口打吧！"钢铁汉子萧万才大义凛然道。

"嗒嗒嗒……"一串罪恶的子弹，射穿萧万才的胸膛……他倒在血泊中，停止了呼吸，而脸上却那样平静。

这是为正义而死的人才会有的最后的表情。

这一天与萧万才一起躺在雨花台的血泊之中的还有另外 12 人。

"曹顺标！"看守叫的时候，曹顺标还在被窝里躺着。一声吆喝声，让这位最年轻的小伙子知道生命行将结束，而他竟然没有丝毫慌乱，有序地在上身穿上一件汗衫，下身套上一条短裤，然后昂首走出牢房，并立即高呼"打倒国民党反动派！""中国共产党万岁！"

1915 年 9 月出生的曹顺标，到 1932 年 10 月 1 日他生命结束时，仅在这个世上活了十七年。牺牲前一天，他知道自己行将告别这个世界时，向同狱室的温济泽吐露心声说："革命总会有人牺牲的，死没有什么可怕，自到南京后的那天起，我就准备随时到雨花台报到。如果我死了，只有两件事感遗憾：一件是我再也不能革命了；第二件事是，我活了十七年，还没有恋爱过。我心里爱过一个女同志，看她也有意思，可是我们谁都没有说出口。现在只能永远埋在自己心里了，只有自己单相思了……"说完，他手握牢房的铁窗栏，无限深情地吟诵起他特别喜欢的匈牙利爱国诗人裴多菲的诗："生命诚可贵，爱情价更高；若为自由故，两者皆可抛！"

与曹顺标并肩战斗、后侥幸逃脱敌人魔掌的温济泽，新中国成立后曾先后出任北京气象局副局长、中国社会科学院副院长。

他在回忆当年在监狱里对曹顺标的印象时，这样说：曹顺标虽然年龄不大，但斗争经验丰富，斗争精神又异常可贵。开始两人被关在一个"号子"（牢房）里。这期间，曹顺标的哥哥曾送过一条薄棉被。曹顺标有两个哥哥，大哥带领他和二哥参加了革命，但大哥在抗战前在越南被人带走后就下落不明。二哥参加革命后也曾被敌人抓捕坐过两年牢，所以小弟入狱后二哥非常着急，托了不少关系给弟弟曹顺标送来棉被。在与二哥见面时，曹顺标表现得非常坚定和镇静，他说他已经准备为革命牺牲了，如果到了那一天，希望二哥把他埋在大路上。二哥问他为什么，他说他要睁眼看着红军进南京城，把杀自己的敌人消灭，这样他才会闭上眼睛。二哥听后感动得不知说什么。兄弟俩紧握双手，挥泪告别。

温济泽说曹顺标跟他也说过类似的话。最后一次在候审室里，敌人一边用刑，一边还想诱惑曹顺标，年轻的小伙子根本不理会敌人的诡计。

"那你就等着去雨花台见阎王吧！"审讯官气急败坏道。

曹顺标冷冷一笑，回敬道："我早已准备好迎接那一天的到来！"

年轻的曹顺标带着他心目中甜美的爱情和几分遗憾，离开了他所珍爱的这个世界。面对敌人的子弹，他在生命的最后一刻是愤怒的，因为他不想死，他原本还想让心中的爱情能够结果的……

第3位走向刑场被枪决的是许清如，二十五岁，苏北阜宁人，共青团员，互济会成员。

第 4 位走向刑场被枪决的是杨小二子，二十岁，苏北阜宁人，团员，系上海闸北区秘密交通员。

第 5 位走向刑场的叫徐阿三，二十四岁，江苏盐城人，上海同兴纱厂地下党支部书记。

第 6 位走向刑场的是许金标，二十五岁，江苏靖江人，上海闸北营造业工人。

第 7 位走向刑场的是崔阿二，四十三岁，苏北阜宁人，码头工人。

第 8 位走向刑场的是钟明友，二十八岁，安徽合肥人，裁缝，上海英华里红军之友社成员。

第 9 位走向刑场的是邱文知，二十三岁，江苏徐州人，中共沪西区委"特科"人员。

第 10 位走向刑场的是陈山（曾太功），二十八岁，江苏宿迁人，上海内外棉三厂党支部书记。

第 11 位走向刑场的是陈士生（陈纪盛），四十三岁，安徽舒城人，工人。

第 12 位走向刑场的是王得盛（王明国），三十岁，安徽合肥人，中共党员，内外棉四厂工会干部。

第 13 位走向刑场的是柳日均（刘栋臣），三十岁，苏北阜宁人，中共党员，上海市政工会干部。

"共舞台案" 13 位烈士全都在雨花台就义。那天行刑的国民党看守从刑场回来后，对在押的人说："刚走的那 13 个人真有种！个个不怕死。有的身上中了好几枪，还在唱什么'打个落花流水'（《国际歌》）……"

这就是共产党人和革命者的英勇气概！

> 请唱着这一曲慷慨的哀歌哟，
>
> 前进，前进，时光须惜，夕阳欲西斜！
>
> 顷刻月痕便上，星影便将闪遍千家；
>
> 一滴血尚当流尽哟，
>
> 与其为奴终古，不如战死平沙；
>
> 古英雄之魂都沦没何处？
>
> 似有微声正在为着我辈咨嗟！
>
> 民族的精神都沦没了么？
>
> 远远地似闻动地哀笳！
>
> ……
>
> 前进，前进，不断地前进哟，
>
> 马蹄边啼尽声声幽蛩，
>
> 一滴血都要流尽约（哟），

付与寥天阒地，众绿茸茸！

（摘自洪灵菲《前进曲》诗句。洪灵菲是 1934 年牺牲在雨花台的一位著名烈士，上海左翼作家联盟负责人之一。）

轰动一时的"共舞台案"中，有 13 名革命者和共产党人在同一天被枪杀，这在雨花台烈士的历史中也是罕见的。有学者还发现一个情况：在这次"案件"中，牺牲与被判刑的 83 人中江苏省人有 45 人，而苏北地区的就有 37 人；13 名被判死刑者中，苏北人 9 人，占 70%。为什么"共舞台事件"中苏北人被捕的人数最多，判刑最重？

上海交通大学的一位社会学家做了分析，认为原因有二：第一，上海这座现代化大都市具备的吸引力。参加江苏省反帝大会的外省代表大多是青年知识分子，皆为求发展、接受现代化城市文明来沪，其中不少人参加共产党和共青团组织或者党的外围组织。他们既是这次会议的重要成员，也是组织者。如上海民联负责人兼大会的主席刘芝明，曾留学日本早稻田大学，归国后任上海政法大学、暨南大学、中国公学教授，担任由 54 个民众抗日团体组成的上海"民反"负责人。当国民党警察冲击会场时，身材高大的码头工人陈荣甘当人梯，用肩膀托起十几个与会代表越过墙头逃出，刘芝明是其中之一。第二，7月17日的会议虽是以江苏省委名义召开的，但实际上带有全国性质，与会者绝大多数在上海工作或学习，外埠代表只有5人。为何江淮地区的苏北人所占比例最大？从上海人口构成看，这与江淮地区人口总量大有一定的关系。近代以来，苏北地区洪涝灾害不断，淮河流域的里下河平原由于地势低洼受灾尤甚，大量灾民为了活命，不得不变卖家中所有值钱的生产资料和家什筹集旅费，然后用泥砖堵住大门，举家流浪到上海。虽无法确切统计上海苏北人的具体数字，但在苏北人主要聚居地普陀、闸北和杨浦三区，1949年的人口统计表明，苏北人所占比例皆超过63%，全市大概有250万人左右，其中盐阜地区人数最多。由此可知，上海虽然是移民城市，但苏北人几近半数；"共舞台事件"中有众多苏北人，而江淮地区人数甚多便是情理之中的事。

"共舞台案"一下牺牲了13位革命者，我们无法想象这些以学生和工人为主的进步人士会因为参加一场反对日本帝国主义的集会而被国民党杀害，并被一次残杀了这么多人！像萧万才和曹顺标这样极其普通的共产党员和共青团员，如果他们没有因为这一次"声讨集会"而牺牲的话，他们活到新中国成立后会是怎样的一些人物呢？这虽然无法"假设"和"预测"，但我知道，那"同案"的另外几十个被判刑的同志中，有3人后来在监狱里因病去世，其余多数活到了 1949 年之后。这些人中，有好几位成为新中国部级领导，他们是：

杨超，后来到了延安，被称为"中国的黑格尔"，任四川省委书记；

刘志超，任河南省委秘书长；

陈明俊，任中国人民银行副行长；

陈广和，任全国计委副主任；

杨阿明，任浙江省副省长；

张钟，任国家档案局局长；

以及已经介绍过的任中国社会科学院副院长的温济泽等。

而我更想说的是，还有近 20 位革命者因长期在敌人监狱备受折磨，后来患上各种疾病而过早地离开了人世……他们虽然没有像萧万才、曹顺标等 13 位烈士那样牺牲在雨花台，却同样是国民党反动派制造的"共舞台案"的受害者。

历史同样铭记他们。

第七章

政治局委员是硬汉

在雨花台数以万计的革命烈士中，罗登贤是位令人肃然起敬的先辈。他不仅职位很高，任中共中央政治局委员，而且是一手创建东北抗日联军的中共领导人。自然不用说大革命时期他在上海、广州等地，都是周恩来的得力助手，为革命做出了卓著贡献。

1933 年，他在上海与廖承志、陈赓一起被捕。廖承志因为有一位让蒋介石都怕的老妈何香凝，一番折腾，出狱了；陈赓是因为曾经在北伐战争时救过蒋介石一命，所以老蒋不得不放他一马。唯独罗登贤跟蒋介石"缠"不上任何关系，同时他又是被捕人员中职务最高的中共领导人之一。为了掩护战友，他选择了牺牲。

堂堂中共中央政治局委员、硬汉罗登贤不为所动，对共产主义信仰坚定不移……所以他只能一条道走到底：在雨花台的"主义"祭台上洒尽最后一滴热血！

　　与罗登贤在香港和广州的腥风血雨中并肩战斗过的邓中夏在入狱后第一个打听的党内同志就是罗登贤，当邓中夏听说他的亲密战友已经牺牲在雨花台时，感慨而言："不可惜了！我要去见老朋友了……"

　　罗登贤的事迹，在过去的党史教育和革命传统教育中，大多数人极少知道。而在此次书写雨花台烈士的采访与调查中，我内心有种强烈的夙愿：必须让这样的英雄进入我们全党和全国人民的视野中，让他们的血没有白流，让他们的精神永存于我们心中。

　　我之所以在罗登贤烈士的头衔上安了"硬汉"二字，一则在牺牲的烈士中他的职务可能是最高级别了，他除了当过政治局委员之外，还曾在上海当过一段时间的留守中央政治局常委；二则是他在被捕入狱后坚定不移、痛打叛徒的刚硬风骨。然而我们党的这位高级领导、工人领袖不仅鲜为人知，且几乎是一生与苦伴随……

　　确实，罗登贤的"命"从来都是苦字当头。

　　1905 年出生于广东南海县的罗登贤，从小父母亲因病先后去世，是其姐姐将他拉扯大的。在家乡活不下去了，姐姐靠到香港摆地摊来养活他和一个小弟弟。罗登贤后来被姐姐接去念私塾，可"野"惯了的罗登贤不愿念八股文，于是教书的先生就欺侮他。姐姐为此生气，常打骂他。在当时，英国人统治的香港，那洋人压迫和欺负中国人的一幕幕情景，化作仇恨的种子全都种在了罗登贤幼小的心灵里。

十岁时，罗登贤就跟着姐夫去当学徒工。他在香港的太古造船厂当了四年学徒，又做了六年钳工。辛亥革命前后，孙中山领导的国民党在广州和香港一直进行着工人革命运动，而北京的"五四"运动对香港工人作为独立的政治力量登上历史舞台起了重要影响。1921年，香港成立了第一个工会组织，并且在上海、广州、香山、汕头等地成立了分会组织。林伟民任负责人。1922年，香港工人在著名工人领袖苏兆征、林伟民领导下，举行了数万人的香港工人大罢工。成立不久的中国共产党对香港工人运动极为重视，派出劳工组合书记部负责人李启汉到香港，慰问并指导工人大罢工。年仅十五六岁的罗登贤是太古船厂的罢工骨干，并开始成为香港工会中的中坚力量。

1924年，中国共产党在广东有了正式组织，同时根据总书记陈独秀的建议，设立了广州地方执行委员会，直属中共中央局领导，并决定成立香港党的组织，由广州地委"就近指挥"。当时这里的党组织十分重视从工人中发展党员。因为罢工而被反动当局抓捕的罗登贤出狱后，立即受到党组织中的工人代表的重视，1925年，刚出狱不久的他在罗珠和陈日祥两位党员的介绍下，正式入党。

这一年，上海的"五卅"惨案震惊全国，同时也标志了大革命高潮的到来。5月31日这一天晚上，中共广州地委负责人陈延年、邓中夏、周恩来、杨匏安、李启汉、苏兆征等人出席党员紧急大会，随后，邓中夏、杨匏安等急赴香港，迅速发动香港工人举行声援大罢工。罗登贤此时在香港，因为他在工人中有威信，所以邓中夏和苏兆征把一些接头联络的重任交给了他。由于香港是英殖民政府当道，对内地诱发传播来的工人运动十分警惕，时常派出大量便衣警察日夜盯梢抓人。罗登贤的联系工作非常危险，但他凭借机智、镇静和勇敢的精神，一次次化险为夷。在邓中夏和苏兆征等领导下，省港大罢工后来历时达一年多，不仅有力地声援了上海和内地的"五卅"惨案引来的反帝运动，而且在香港也震荡了英殖民统治，在中国工人运动史上写下不朽的一页。

年轻的罗登贤在香港工人中的威望迅速提高，同时他也成为中共领导人陈延年、邓中夏的得力助手，成为南方工运中的一颗耀眼的政治新星。尤其在一直负责指导和领导省港大罢工的邓中夏眼里，罗登贤是位"没有一点物质嗜好、随身只带一张草席和破帐的，又在每一次罢工与游行队伍中走在最前面的人"，这样的人才是革命最坚定的人，这样的人才是中国革命之希望！在邓中夏的眼里，罗登贤这样的优秀工人领袖难有代替。

罗登贤开始站在了斗争的前台。

国内的北伐革命开始，20 万香港罢工工人浩浩荡荡开进广州，支援北伐。罗登贤成为队伍中的旗手，走在最前头……

1927 年，蒋介石发动"四一〇"惨案、"四一二"反革命政变，革命中心的广州同样处在腥风血雨之中。广州工人武装和共产党人首当其冲地成为牺牲者和受害者，一夜之间，萧楚女、刘尔嵩、邓培、熊锐、李森、何耀全、张瑞成、毕磊、沈春雨等数百名中共优秀党员和革命者壮烈牺牲。所有工会组织和中共组织不是被解散，就是只能转入地下。这时，中共广州市委因特殊的工作需要正式成立，罗登贤是市委委员，他与后来在刑场上举行婚礼的著名革命家周文雍开始并肩战斗，营救被捕的革命者和地下党员，同时继续组织大罢工。

著名的广州起义在这一年年底发动，由张太雷、叶挺、叶剑英、周文雍等领导，罗登贤是起义第一联队的总指挥，他率领敢死队冲锋在最前列，与叶剑英领导的教导团队伍，攻克了敌堡垒的市公安局。广州起义到最后阶段十分惨烈，起义队伍中多数战士都拼杀到最后时刻。罗登贤无数次率领敢死队队员与敌人肉搏刺杀，数次死里逃生，成为最后撤离苏维埃政府总部的起义领导人。

"悲愤！悲愤！"撤离的一路上，罗登贤的脸始终是黑的，默不作声，但他的眼里射着复仇的火焰……

1928 年 1 月，中共中央负责人李立三到广东出任省委书记，二十三岁的罗登贤由于在起义中表现得英勇顽强，被任命为省委常委。在第一线工作的罗登贤对广州起义的主要领导人持批评态度，广东省委遂派黄平和罗登贤赴上海向中央汇报广州起义具体情况，周恩来接见了他们。后来中央重新派邓中夏代理省委书记。当时的广东省委在香港。一日，省委按约定的时间开会，可有几个人一直没有到，罗登贤意识到情况不妙，立即决定停止会议，让已经到会的人赶紧撤离，自己则准备开始藏文件，就在这时，敌人包围了会场……罗登贤机警地将几张用薄纸写的文件吞进了肚子里。这次因叛徒出卖而造成邓中夏和罗登贤等被捕。而罗登贤是参加革命后的第二次被捕。李立三从上海回来，见省委领导几乎被一网打尽，迅速组织营救。罗登贤通过组织和姐姐的营救，又没有被敌人发现"证据"，所以最后安全出狱。有人后来问他"怕不怕坐牢？"罗登贤说："我从参加革命的那天起，就没有怕过坐牢和杀头。"

罗登贤不可能在香港继续抛头露面了。他被调往上海，从事党更重要的工作。

罗登贤到上海之时，黄浦江岸一派肃杀寒流的景象。甚至连中国共产党第六次全国代表大会也在苏联境内的莫斯科召开。这个时候，中共中央在上海组成一个留守中央，处理和应对日常工作。李维汉、任弼时任留守中央负责人，邓小平为秘书长。4 月 2

日，负责工运的临时中央政治局常委罗亦农因被叛徒出卖而牺牲。经尚未出发到莫斯科开会的临时中共中央政治局常委研究决定，补选罗登贤为临时政治局常委，与另两位临时政治局常委李维汉、任弼时一起主持工作。

留守中央的工作并非那么轻松。尤其是济南发生了"济南惨案"，全国的反日运动需要中共中央及时把握斗争的方向。摆在罗登贤等中央领导面前的第一位任务是，如何正确认识当前斗争的时局，以什么样的方式指导各地斗争。经过罗登贤等临时中央领导的反复讨论，决定要把群众的反帝与反国民党伪善的面目的斗争结合起来，形成强大的反日和揭露国民党反动派伪善面孔的新的民众运动，同时组成革命的统一战线。罗登贤凭借在香港多年的工运工作经验，深入上海各工厂和工会地下组织开展工作。

"现在的形势这么复杂，老蒋他们也在到处借着民众的反日情绪拉拢工人与市民，而且他们又利用'黄色工会'（原先由国民党控制与收买的部分工会组织）出面对我们的工作进行捣乱。"不少工会组织向罗登贤这样反映。

"我们必须让群众认清谁是真正的敌人，什么是罢工的真正的目的，要把争自由、争民权和反对帝国主义，当作同一斗争任务。为工人或店员争取合法与正当的权利为罢工的具体的斗争目标，让大家从斗争中获利，从获得中看到我们的斗争的意义。"罗登贤通过中共江苏省委和上海区委，引导地下党组织和各工会组织，谋求罢工和斗争的利益最大化和看得见、摸得着的实际胜利成果，取得明显成效，甚至还团结和争取了一些"黄色工会"。

在中共苏区革命史上，有一个以中共中央名义写给毛泽东的"六四来信"事件。根据毛泽东、朱德同志向中央报告苏区红军的发展方向和游击战争等问题，留守中央回了一封很重要的复信。此信就是罗登贤作为政治局常委所参与的给毛泽东、朱德同志下达具有革命方向性指令的"六四来信"。信中这样指出：中国革命现在仍然是资产阶级民主的性质，当前应发动广大工农群众，实行土地革命，造成割据的局面，向四周发展，从而推进湘、鄂、粤、赣四省交界暴动局面的发展。井冈山的毛泽东正是看了此信，受到极大的鼓舞，认为"全部原则及政策都切合实际，应依照执行"。在1928年大革命失败，党中央领导十分困难的情况下，罗登贤他们能够在复杂的形势下，做出正确的判断，并及时给远在苏区的毛泽东、朱德队伍和全国其他地方的革命组织，发出方向性的指令，实是一件功德无量之举。

中国共产党第六次全国代表大会于1928年6月18日至7月11日在莫斯科召开。罗登贤虽未出席大会，但因其领导工运的显著功绩及工人出身的干部身份，他被选为新的政治局候补委员。他和李维汉、任弼时等临时中共中央常委在上海领导国内斗争的几个月的工作，得到了充分肯定。

　　之后，罗登贤以政治局候补委员的身份，协助政治局常委、中华全国总工会委员长项英继续领导全国工运。由于项英承担了另外的许多中央领导工作，中华全国总工会的具体领导实际上是罗登贤在负责，他是全总的党团主任。

　　党的六大之后，中共的一项主要任务仍然是城市工人运动。而大革命失败之后的上海、南京、广州等城市的工运实际上极其困难，每一次罢工的组织到实施，罗登贤他们不仅要周密组织策划，更需要具体地到一线帮助下面的工会去组织发动，同时常常需要亲自出面行动，还要不时在报刊上发表文章鼓动，甚至一次次抛头露面。危险也随时有可能降临……

　　"不到一线去，不与工人在一起战斗，怎么能体现党对工运的领导呢？"罗登贤这样回答。

　　"不去亲自参加战斗，怎知战斗的惨烈与艰难呢？党的作用就是在大家能看得到的地方，由共产党员和我们的干部走在别人前面。"罗登贤的这种把自己的安危放在一边的工作作风，让他在上海工人运动中产生极高威望。

　　1929年年初，他被任命为最难当又最危险的江苏省委书记，在他之前，已经连续有陈延年、赵世炎、罗亦农等数位优秀的中共领导人牺牲在这个岗位上。

罗登贤的出任本来就不是一件什么诱人的事。然而党的内部在他出任此职时又出现了一件"反常"的事：江苏省委对中央任命罗登贤竟然持反对态度，他们主张本省的工人出身的中央政治局候补委员徐锡根来任书记。这样就造成了著名的"江苏问题风波"。

最终由周恩来出面同江苏省委同志进行了耐心的谈话，化解了江苏同志对中央的意见与矛盾，检讨了违反组织原则的问题。于是新的江苏省委于 1929 年 1 月 31 日召开了第一次会议，省委书记罗登贤主持会议，中央政治局候补委员彭湃任江苏省委常委兼军事常委，中央政治局候补委员徐锡根任省常委并主管职工工作，李维汉任省委常委兼组织部长、任弼时任省委常委兼宣传部长。

新官上任，就遇到了春节年关。这是城市工人和市民"一般最有迫切要求的时期"。富有斗争经验的罗登贤，清楚这个时候的资本家最容易在工人中制造开除、辞退和减少工资等等损害工人利益的事。"年关没有工人的斗争，资本家则是更顺利地向工人进攻"，因此"无产阶级政党应跑到工人群众中去，找出他们迫切的要求向资本家提出，以群众的力量逼其答复"。罗登贤要求省委按中央的要求，在年关前后积极发动和组织工人与资本家进行斗争。他亲自起草了《党、团江苏省委通告第一号——关于城市年关斗争》的工作部署，具体布置了斗争工作安排。

　　"你们要抓群众关心的'小'的问题，越小的事可能越容易斗争成功，而工人和群众会从这些小事中看到斗争的信心和希望！"罗登贤的这些以"小"为目的的斗争部署在后来的罢工斗争中广受工人们和市民们欢迎。与此同时，他亲自组织建立了上海工会联合会，利用这一新的形式开展工人运动。

　　上海工会联合会成立后的第一把"火"，是在估衣工人中燃烧起来的。

　　4月，当时由于资方拒绝工会介绍的失业店员，沪西一带的估衣庄劳资双方发生冲突，资本家向巡捕房报告，结果失业店员数人被捕。工人对此愤怒，开始举行罢工，一直发展到全市260多家估衣店、1600多人参加罢工。资方为此发出威胁：限罢工店员三日之内复工，否则解雇和停发工资。果然，三天之后国民党警察出面查封了估衣工会并下令逮捕工会负责人。

　　"我们应以百分之百的力量联成一个总的组织来反抗资本家的压迫！"罗登贤领导的江苏省委立即发出呼吁，同时通过其他工会开展罢工声援估衣工人。先是全市的中药店2500多店员罢工，同时又有闸北开泰丝厂2万余名女工参加罢工，再有电气工人加入罢工行列……之后又有自来水工人等罢工。如此声势浩大的上海大罢工，震撼了国民党反动当局。国民党派出军警开始以暗杀罢工组织者和街头暴力阻挠罢工等形式，与罢工群众对峙，一直到7

月 31 日，直接枪杀了汤久芳、李有臣等工人领袖。

在罢工斗争的生死关头，罗登贤代表的江苏省委发表《宣言》，号召工人和市民们"组织起来！""斗争起来！""武装起来！""反攻帝国主义、国民党、资本家，最后只有我们工人来管天下，才能得到彻底的解放！"

这是一场继"五卅"运动以来，发生在上海街头最熊烈燃烧的工人群众反帝、反国民党统治的伟大斗争烽火。如周恩来后来评价的那样："在这时，敌人一切的统治威严扫地，黑暗的地域顿成了革命的世界。"

斗争虽然最后并没有彻底胜利，但它依旧如每一次城市暴动一样，让革命阵营付出了巨大代价，然而罗登贤的斗争精神和斗争经验以及斗争所带给在大革命低潮中的中国共产党人与广大革命者的，是一种巨大的鼓舞与信心。尤其是他在任江苏省委书记期间，完成了一项后来影响深远的"反帝大联盟"的建立。

1929 年下半年，罗登贤调任到周恩来身边，任中共中央组织部副部长，协助部长周恩来工作。

在这一段时间里，罗登贤不仅要协助周恩来处理复杂的党内人事问题和全国各地随时可能被破坏的地下党组织，同时还做了一件意义堪比"反帝大同盟"的事——领导"济难会"（也叫互济会）开展相关工作。这一组织专门从事营救革命志士和安置烈士后事等事务，既是个公开的社会组织，又是党领导下的革命群众组织。罗登贤出任中组部副部长后，实际上代表党中央在领导着全国的这一革命组织，并且卓有成效地开展着相关工作，成功营救了关向应等党的重要干部。

1929年冬，中共广东省委在上海召开第一次党代会，根据巡视员报告的"广东省委有许多地方是成问题"的意见后，中央再次对广东省委调整改组，罗登贤被任命为新的广东省委书记。从4年前他作为一名普通工人加入中国共产党，转眼间罗登贤已成为革命重镇的广东省委书记。在乘坐轮船前往香港的途中，罗登贤迎着海浪，心潮澎湃……他想到了自己童年时第一次到香港当学徒的光景，也想到了跟着邓中夏组织"省港大罢工"的情景。现在，他需要独立地主持广东省委工作，责任和担子重啊！

与大革命时期的香港和广东相比，1930年年初，罗登贤到这里所看到的和所了解的革命形势，其实是倒退了，反动势力占了上风，革命势力则处在低潮。身为广东省委书记的罗登贤，需要冷静地处理复杂的省港两地的斗争形势，同时又要按照中央指示精神办，这就更需要政治智慧和果断决策。此时的中央，仍然是以李立三为代表的"左"倾冒险主义占据领导地位，所制订的以武汉为中心的全国总暴动和集中全国红军进攻中心城市的冒险计划，涉及和影响到广东省委的实际工作。为此，罗登贤被要求组建中共中央南方局，随即开展南方相关地区的城市暴动，作为南方局的负责人，他需要在香港、广州等地穿梭工作，并指导厦门、广西、海南和云南等地的暴动计划。在这一段时间，罗登贤在执行李立三"左"倾冒险错误路线过程中，犯了一些"左"倾错误，但罗登贤知错能改，勇于学习提高，在1943年中央政治局会议上，周恩来充分肯定了罗登贤，称他是位对党赤胆忠心的好干部，是勇于知错改错的代表性人物。

中共六届三中全会后，中央确定了"巩固、发展和扩大苏区与红军"的方针，像原来在上海的大批党员抽调到了苏区，中央机关也开始从上海转移到江西苏区。此时，建立一条从上海到苏区的秘密交通路线，成为中央和中央特科部门的一项重要任务。

罗登贤接受周恩来指派，与其他中央特科同志一起建立了一条经上海—香港—汕头—青溪（大埔）—永定，最后到达江西苏区的长达千里的秘密交通线。此秘密交通线路开通后，一直保存完好，始终未被敌人破坏，承担了传递中央与苏区之间的重要文件、护送干部安全进入苏区、向苏区运送物资等重要任务。

硬汉罗登贤在党内再次"硬"起来。在六届四中全会上，他再次当选政治局候补委员，并被任命为中华全国总工会执委会代理委员长兼党团书记。1931年3月28日的中共中央政治局常委会议，决定让罗登贤参加常委。不到一个月的4月24日，中共中央特科负责人顾顺章叛变，对中央机关造成极大威胁，根据中央安排，罗登贤以中央代表身份，前往满洲省委视察工作。

这是一次临危受命。身后的上海中央机关处在风雨变幻之中，前面的白山黑水，又处在日本侵略者的铁蹄之下，罗登贤化名一光、德平、达平等，来到东北。当时，东北地区的党情民情之复杂，非一言两语说得清楚。罗登贤先在沈阳，后来继续"北上"，最后到达哈尔滨，落脚在北满特委驻地——东北商船学校附近。这里的地下党员冯仲云家，成为罗登贤的"新家"。冯仲云与妻子薛雯听说中央新派来的"达平同志"就是大名鼎鼎的省港大罢工和广州起义的领导者之一的罗登贤后，格外敬重这位远方来的"中央领导"。

冯家有一则故事：罗登贤到冯仲云家时，冯家夫妻刚生下一个女儿，一直没有取名。罗登贤来后对冯家的这小女娃特别喜欢，常常抱到自己的怀里逗她乐，并称女娃"囡囡"。在这个小囡囡两岁半时的1934年10月，冯仲云和薛雯得知与他们并肩战斗的东北抗联创立者罗登贤在南京雨花台牺牲后，悲痛欲绝。为了纪念自己的战友，他们特意将女儿的名字正式起为"冯忆罗"。

冯忆罗把罗登贤视为"义父"，常常会到雨花台祭奠罗登贤烈士……这是后话。

再说罗登贤到哈尔滨后，所知的中共满洲省委处在异常残酷的斗争形势之中，几任省委书记都是临危受命，有的还未上任，半途上就被敌人逮捕或杀害了。当时的东北，日本关东军和日本特务机关到处暗杀和绑架反对军国主义的人士，更不用说组织民众抗日的中共组织成员了。罗登贤到达哈尔滨时，满洲省委刚刚被破坏，叛徒供出了省委主要领导的住址，于是罗登贤与冯仲云一家立即转移，后来又在另一处地方找了个"新家"。

1931 年 12 月，中共中央正式任命罗登贤为满洲省委书记兼组织部长，重建中共满洲省委。"需要把省委办公地从奉天搬到哈尔滨，在那里建立反日斗争的抗日中心。"罗登贤的这一决策，为创建东北抗联起到了关键性的作用。

在哈尔滨，罗登贤提出："现在需要把可靠的人找到，把瘫痪的组织重新建起来。"很快，杨靖宇、李秋岳、周保中、赵尚志、金伯阳、罗烽、姜椿芳、韩光等骨干，一一被罗登贤召见并开始一起投入统一的抗日行动中去。

后来成为东北抗日联军第 1 路总司令的民族英雄杨靖宇，就是罗登贤请求中央，获得两千元赎金后将他和其他两位革命者从监狱里营救出来的。另一位后来也成为东北抗日联军领导人和民族英雄的赵尚志，被罗登贤任命为中共满洲省委军委书记，与他并肩战斗在白山黑水之间。

"没有人什么事都干不成。"罗登贤任省委书记之前的满洲省

委总共才有两百多名党员。庞大的东北仅靠这些人无法满足抗日
斗争的需要。罗登贤上任后的第一件事就是大力发展党员和抗日
积极分子。通过反日和抗日运动，罗登贤还营救出被国民党和奉
天军阀关押的不少革命志士，如后来中共北满省委书记的金策和
东北抗日联军第3路军参谋长的许亨植。

　　"东北的共产党员中有一批极其优秀的人才，他们应当成为抗
日斗争的骨干和领导。"一段时间之后，罗登贤的心目中有了一个
清晰的用人方向。

　　"监狱里没有累着我、伤着我，所以今天我活着出来了，就要
更好地参加抗日斗争。现在是国难当头，我得舍得性命去干！"杨
靖宇在罗登贤找他谈话后，当即这样表示。

　　"好同志！"罗登贤拍拍这位同样是硬汉的战友，立即任命杨
靖宇为全满反日总会党团书记，兼任哈尔滨市道外区委书记。

　　杨靖宇后来成长为东北抗联重要领导人，功勋卓著，让侵略
军闻风丧胆。1940年2月23日，这是一个大雪纷飞的日子，抗
日英雄杨靖宇将军因被叛徒出卖，在冰天雪地里与数万日军周旋
几十天，拼杀剩最后一颗子弹后，被敌人枪杀在雪地里……当时
一群惨无人道的日本鬼子蜂拥而上，争抢着割下了杨靖宇将军的
头颅，并好奇地剖开了他的腹部——因为敌人无论如何也不相信
一个人能够在数十天中断了粮食后还能继续战斗。可当鬼子们剖

开杨靖宇将军的尸体后，完全骇然了：那空荡荡的肠胃中，没有一丁点儿的食物，只有一些枯草、树皮和棉絮……将军实现了他生前给自己的领导罗登贤许下的誓言："真正的共产党员是不怕死的，更不可能投降！"

正是品质中都有一个为了革命和共产主义信仰而"硬"的性格，罗登贤与杨靖宇特别投机。

张甲洲是罗登贤培养的另一位东北抗日青年领袖。张甲洲与他的一群在关内读书的同学回到家乡，看到日军侵略暴行后，发誓要做抗日尖兵。当时的伪满洲国是在日本人严密控制下的，已婚生子的张甲洲以筹备婚礼之名，将抗日志士联络在一起。在5月16日这一天，张甲洲带领参加"婚礼"的两百多人，举行了抗日誓师大会，宣布成立了东北的第一支人民抗日武装。罗登贤为了加强对这支抗日武装力量的领导，派军委书记赵尚志去任参谋长。能说会干的赵尚志在罗登贤的言传身教下，迅速成长为指挥战斗的军事领导人才，曾先后出任东北抗日联军第3军军长和杨靖宇将军牺牲后的抗日联军总司令。1942年2月12日，在与日军激战中赵尚志壮烈牺牲。毛泽东曾评价赵尚志是"有名的义勇军领袖"，其"坚决抗战、艰苦奋斗的战绩是人所共知的"。

罗登贤担任满洲省委书记的时间虽然并不长，但他在东北建立的抗日联军与培养的一大批杨靖宇、赵尚志式的英雄与抗联队伍，有力地给日本侵略者以最致命的打击，威震东北大地，影响深远。

1932年秋，罗登贤被调回上海。临走时，他深情地抱住冯仲云家的囡囡，说："罗伯伯要离开你了，你要好好地长大！不知道你长大后我还能不能见到你。希望你将来长大后能够接我们的班啊！"

罗登贤依依不舍地放下囡囡，向冯仲云夫妻告别，向战友杨靖宇、赵尚志等告别……

不想，他回到上海才几个月，就被敌人抓捕，于1933年8月29日，牺牲于南京雨花台，年仅二十八岁。

这样一位杰出的工人运动领袖、军事家，曾多次出任中央政治局候补委员、临时政治局常委的党的高级干部，每每在革命的重要关头，总是被派往最危险、最艰难的工作岗位，然而他无私无畏，乐于承担风险与责任，却数度被错误路线"牵"入困境，最终被反动派敌人杀害，实为悲怆！

罗登贤被捕后，狱外的宋庆龄、何香凝等动用了强大的社会资源和力量来营救他们，中共方面也一直在全力做营救准备，可是蒋介石在无奈释放廖承志和陈赓之后，并没有放过罗登贤，还装模作样地"公开"审判罗登贤。

在所谓的法庭上，罗登贤将"法官"们驳得体无完肤。

无奈，敌人使不出什么招数，就拉来叛徒想当面侮辱罗登贤。一日，叛徒出现在罗登贤面前。此人叫余飞，曾是湖北省委常委，以前认识罗登贤，所以现在来当说客。罗登贤一见这种"软骨头"，二话没说，冲上前去，就将余飞一顿痛打。这一事件使罗登贤这个共产党"硬汉"的名声更是大振。

人称"活阎王"的国民党南京政府的刽子手谷正伦，便拿罗登贤"出气"：用刑！各种没有用过的刑都用上！他这么命令道。

罗登贤被一次次打得皮开肉绽，腿骨屡断……然而罗登贤除了骂国民党反动派外，没吐一个"痛"字。

"我个人死不足惜，全国人民未解放，责任未了，才是千古遗憾！"在生命的最后一段日子中，罗登贤这样感慨地对同志说。

罗登贤血洒雨花台的消息传到苏区后，中共中央立即做出决定：沉重悼念。在中华苏维埃第二次全国代表大会开幕式上，毛泽东率全体代表向罗登贤默哀。不久，中共中央机关刊物《红色中华》发表纪念文章：

> 罗登贤同志是中国共产党中央政治局委员，工人组织家，东北义勇军领袖，中国革命运动英勇的领导者……
> 罗登贤同志，为了中国广大群众的解放，在国民党统治下进行长期的艰苦的斗争，献身革命的精神，是

我们每一个革命者的光荣的模范。苏维埃中央政府为了纪念罗登贤同志，曾在粤赣省设立了登贤县，今年的"六二三"纪念节中，上海的革命工人和劳动群众将举行盛大的纪念周，纪念罗登贤同志！反对国民党法西斯蒂（的）白色恐怖！反对日本帝国主义吞并中国！反对国民党出卖中国！

　　我们苏区的革命同志们，应当坚决的（地）走向前线为了完成罗登贤同志的遗志而斗争，粤赣的特别是登贤县的工农群众，更要百倍加紧的（地）动员起来，为了"登贤县"这个光辉的名字而斗争到底。

罗登贤和登贤县的名字，在中华人民共和国的史册与版图上闪耀着光芒。而在我的心目中，"罗登贤"三个字就是共产党硬汉的化身……他永垂不朽，永远挺立！

第八章

省委书记的名字叫"保尔"

在南京雨花台烈士纪念馆和上海龙华革命烈士纪念馆里,我都看到一个特别的名字,他叫"保尔",也是当年牺牲在雨花台的烈士,而且是江苏省委书记。

他由此引起我的特别关注,因为今天的我能够成为一名作家且当了三届中国作家协会驻会副主席,就是在我刚刚能够看懂图书的那个特殊年份中,意外地被一个叫"保尔"的苏联民族英雄所吸引并由此一生都走在了文学道路上。

保尔·柯察金是苏联作家奥斯特洛夫斯基所著的一部红色经典作品《钢铁是怎样炼成的》中的主人公。保尔从小参加游击队,后来成为一名钢铁般的战士,在战斗中负伤后,他坚决要求到最艰苦的铁道上工作。在那冰天雪地里,伤寒摧毁了他青春的身体,最后导致全身瘫痪和双目失明。但保尔依然坚强地活了下来,并拿起笔，写下了著名的自传体小说《钢铁是怎样炼成的》。这是一部闪耀着无产阶级战士人性光辉的足以震撼人心的励志小说，它不仅在苏联青年中曾经引起巨大反响，而且在中国也影响了一代又一代人。保尔是革命青年的榜样，是革命者的化身。大约是二十世纪六十年代的中后期，有一个暑假，我到邻居家，见桌子上有一本被撕得没头没尾的大厚书，于是就拿起来看。这一看，竟然让我一辈子的命运发生了变化：学着保尔去恋爱，去寻找"冬妮娅"，去寻找丽达，去参加军队，去当工程兵、铁道兵，而后再当作家……我一直说，保尔是我一生的偶像，甚至在年轻时经常模仿保尔的那种瘦削刚毅的形象。保尔的精神确实对我影响极大，我能走到今天，与他的"保尔精神"不无关系。

保尔对我们二十世纪五六十年代甚至再往前一点的四五十年代的人来说，都具有巨大的人生影响。

一本书确实能够改变和影响一个人的一生。保尔就是这样的人。

我们现在说的这个"保尔"，真名叫许包野，是原江苏省委书记，但是在过去的党史中大家极少知道他，更不了解他所经历的那些艰难岁月中的人生故事。甚至在他牺牲后连党组织一度都不知道他是谁，他的家和亲人在何处，直到他牺牲五十二年后才弄清楚，原来他就是那个被中共中央专门从境外调到上海、重新组建连续被敌人多次破坏的江苏省委并出任省委书记的许包野同志。

1931 年，中共在上海完全处于极度困难的工作状态下，作为最重要的下属执行组织——江苏省委由于需要不断开展具体的工作，也就成了敌人主要的攻击对象。而由于国民党与共产党的力量悬殊，加之党内叛徒频出，从陈延年、赵世炎到罗亦农等数任省委书记被敌人残害，他们都是中共的重要领导，他们的被害给我党造成巨大损失。中共中央甚至为了加强江苏省委，不惜让负责中央工作的主要领导人出任江苏省委书记，包括项英、罗登贤等都曾担任过此职。然而从当时江苏省委书记的任职时间来看，大多时间都不长，只有罗登贤和李维汉任职的时间较长一点。1931年下半年，中央决定将长期在境外学习和教书的老资格共产党员、正在莫斯科中山大学任教的许包野调回国内，出任江苏省委书记——因为党内叛徒出得太多，而党内外几乎没谁认识突然出现的许包野。这绝对是为了保密与安全起见。从另一方面，我们也能了解当时的斗争形势是何等地复杂与艰苦！

许包野还有一绝是：他回国后，先在厦门生活和工作了一段时间，在那里出任了几个月的市委书记，之后调到上海出任江苏省委书记时，为了防止敌人破坏省委阴谋再度得逞，他用了化名"保尔"，这就更没人知道此人是何许人也。"保尔"是许包野在苏联时用过一段时间的名字，回国内从事地下工作再使用这个名字，有两层含意：其一便是让敌人捉摸不透他的底细——通常敌人破坏我地下党组织主要靠我们党内的那些叛徒，"保尔"这名字一下让了解和熟悉党内领导人的那些叛徒也无从找到这位新任省委书记的背景线索，更不知其长相等情况；其二，江苏省委书记原来都基本上是中共中央的"头面人物"兼任的，那些人都是中共的著名人士，多少在上海滩上露过面，更不容易进行身份的隐蔽，而许包野不一样，他在国外待了整整十一年，又从未来过上海，再加上他一口潮汕口音，根本没人听得懂他的话，所以一般没人将他同共产党的江苏省委书记一职联系起来。

中共中央的考虑，可谓用心良苦。

许包野，1900 年出生于泰国暹罗。算命先生最初给他起的名字叫"许金海"，显然是希望其长大后发财致富成为侨民中的富商。但对中华传统文化格外崇尚的父亲却在他七岁时，将整个家都搬回了广东澄海老家。幼年时许金海就进了私塾读书，后来又进了新式教育的澄海中学。这所吸纳西洋教育的著名中学给了许金海人生特别重要的启蒙，并且对他的思想意识也有了质的升华：要做一个对社会和国家有用之人。

1919 年，中学毕业的许金海恰遇"五四"运动的洗礼，更加明白了"救国"的意义。也就在那一年，他听说北京大学的蔡元培校长正在出面组织招考赴法留学生一事，顿时心潮澎湃，立即报了名，并自起"许包野"大名，意在雄心与志远。

汕头"乡试"，澄海的许包野名列第三，成了公费留法学生。许家十分光彩，乡里乡外，刮目相看。

出国留学，对许包野来说，有种鸟儿挣脱笼子一般的自由之感。但有一件事让他很沮丧：他身边已经有了一个不识字的农村姑娘做他的媳妇。这是老家的风俗习惯：男人们出"海"去了，不能像风筝似的飞走了，必须有一根"线"扯着他，让他能够不忘本和不忘根。许包野也不例外。

许包野在留法时，正好遇上了中国革命初期的一批才俊，如周恩来、蔡和森、向警予、陈毅、李富春、邓小平等同学，他们的革命激情和斗争精神一直在影响着这位原本抱定"科学救国""实业救国"理想的澄海青年。许包野学的是哲学和法律，这是两门高深的学问，而当时的欧洲，马克思主义和共产主义学说正风靡一时，特别是在留法的进步学生中广为传播，许包野作为哲学和法律专业的学生，他对《共产党宣言》《国家与革命》这类书的学习与研究自然比一般人更方便和深入。

1922 年，周恩来等中国学生在巴黎成立"少共"时，许包野已经从里昂大学转学到了另一个哲学学问更普及的国家——德国哥廷根的格奥尔格—奥古斯特大学继续学哲学，兼修军事学。对读博士的留学生而言，没有家庭的较丰厚的经济实力支持，包括周恩来、邓小平等人在内只能靠勤工俭学来维持生活，而学哲学的许包野到了德国后，其学费和生活费一下要比法国高出三倍，一年所需的费用远超出了家庭所能负担的。但崇尚教育的许氏父亲则完全满足了儿子的需要，这也体现了潮汕人对教育高度重视的品质。

哥廷根茂密的山林和迷人的冬雪让身为潮汕人的许包野着迷，尤其是那里的古建筑，更让这位中国学生置身在欧洲古老文明的宁静与优雅之中，"是一种完全的诗意式生活和学习"。让许包野感觉更自由的还是这里的大学里的学习气氛，因为那里的课程、专业和教授，作为学生完全可以自由选择，而且是绝对地自由选择，论文也用不着非写不可，如果你有钱，读上十年八年的也没人催你非毕业不可。难怪人们说当年爱因斯坦在研究广义相对论时，非得跑到哥廷根来不可。

自由的氛围对研究学问来说可谓意义重大。与同时旅欧的中国留学生相比，许包野的学习时间和环境远超他人。在革命队伍中，他是海外学习时间最长（十一年）、学历最高（双学位博士）、外文最好（懂多国语言）的一位罕见的革命者。1923年10月10日这一天，对许包野来说非常重要，因为以往一门心思搞学问的他，遇上了一位举止稳重、理着平头的军官出身的中国留学生，他叫朱德。几次集会和相处，许包野觉得朱德是位可以信任的"大哥"。这一年，许包野在朱德的介绍下加入了中国共产党，而朱德自己则是由周恩来秘密介绍入党的旅欧支部负责人——他的公开身份是国民党驻德支部执委。

参加革命后的许包野开始以自己所学的马克思主义哲学理论和思想，与朱德等进步留学生一道从事革命活动，结果引起了德国政府的不满。1925年年初，朱德去了俄国，许包野也被德国政府驱逐出境，到维也纳继续完成哲学博士学业。

次年，许包野在拿到哲学和法律双博士学位后，受组织派遣到了莫斯科，在专门培养革命家的东方大学和中山大学"中国班"任教。当时的许包野，风度翩翩、知识渊博，不仅成为许多中国革命青年留学生崇拜的偶像，还因为他兼任莫斯科地方法官，所以也迷倒了很多年轻的俄罗斯姑娘，但许包野始终钟情于他的"尔"——妻子叶雁蘋（原名叶巧珍，是许包野为其妻改的新名）。

在莫斯科中山大学教书的日子里，许包野还兼任了莫斯科市的地方法官，出席各种案件处理，市民们对这位中国面孔的法官极为信任。在中山大学教书的五年中，许包野结识了中共许多重要干部，其中不少都是他的学生，如后来同样成为雨花台革命烈士的江苏省委组织部部长、宣传部部长陈原道等。

1930年，一位名叫尼古拉·奥斯特洛夫斯基的苏联青年战士作家写了一部《钢铁是怎样炼成的》，立即轰动全苏联，于是"保尔"便成了无数革命青年的偶像和榜样。

"同学们，你们现在不要再叫我'许老师'了，叫我'保尔'！"年轻的许包野教授在当时应该算是很紧跟潮流了，他在讲台上这么一介绍自己，更引来学生们的热烈掌声。

"保尔"老师就这样出名了。那段时间到苏联莫斯科东方大学和中山大学学习的中国青年，都知道有位中国面孔的"保尔"老师。

现在，"保尔"突然出现在上海滩上秘密的江苏省委内，真让那些不曾在苏联唱过《莫斯科郊外的晚上》的敌人们一时间有些摸不着头脑。而这，也正是许包野和当时中央所希望的在特殊环境下新的江苏省委能够得以继续开展正常工作的一个重要环节——敌人太狡猾，环境太恶劣，非常时期，非常手段！

然而事情并非那么简单。国民党反动当局企图将共产党的首脑机关和江苏省委彻底地扼杀在上海的行动，在二十世纪三十年代前后的那段岁月里，可谓"翻江倒海"，而且也确实产生了效果。

许包野是1931年"九一八"事变后，应共产国际要求回国的。离开祖国十一年，有着哲学和法律两个博士学位以及五年莫斯科东方大学、中山大学任教经历的红色教授许包野借道满洲里，秘密回到了久别的祖国。那一刻，他跪下双膝，亲吻了自己祖国的土地，发誓要把日本侵略者从自己祖国的土地上赶走……

　　为了隐蔽革命身份，他特意绕道先回到了老家澄海，与家人团聚。尤其是见到已经长高到与他齐肩的儿子和为他孝养老母及全家老少的妻子叶雁蘋女士后，许包野更是百感交集。"你是许家功臣！"许包野深情地对妻子说。又对儿子说："任何时候，母亲为上！"

　　许包野仅仅在家住了十天，因急于同党中央取得联系，于是他匆匆辞别亲人奔赴厦门。

　　为了不引起敌人的注意和跟踪，许包野脱下西装、换上长衫，装扮成一名海员，先乘轮船到了新加坡，再转至厦门。

　　此番厦门之行，让许包野大感意外的是，当时厦门形势十分严峻，与他接头的党内同志不敢轻易认他。因为许包野接受中央指令从莫斯科回国，仅有中央的一个"联络秘语"，没有其他任何材料，更没有"介绍信"之类的凭证。无奈之际，许包野对当地的组织同志说："我听说我的二弟许泽藻在你们这儿工作，他若在场可以为我做证。"

　　"听你的描述这个人好像是我们这儿的许依华同志。以前他在省委工作，现在转到我们厦门来了，是我们的宣传部长。"厦门的同志说。

　　"快叫他来吧！"许包野赶忙说。他与弟弟十一年没见，早已思念不已，更何况在特殊背景下的异乡厦门相见。

　　"哥！真是你呀！哈哈……我的好大哥啊！你让我和嫂子他们

想死了呀！"不一会儿，一位年轻利索的小伙子突然出现在许包野面前，然后一个箭步抱住了许包野，连声道。

他就是许包野的二弟——共产党员许依华，即许包野在家称呼的弟弟"许泽藻"。

一对共产党员亲兄弟，相隔十一年相见于他乡，让厦门的同志十分感动。

此时蒋介石正全力以赴在江西指挥"剿共"，苏区形势非常危急，加之福建龙岩一带也是国民党反动派重点的"剿共"区，厦门与苏区之间的地下交通线也就变得十分脆弱和危险。所以此后的半年时间里，许包野只能作为一般党员参与厦门党组织的工作。

1932 年夏，厦门中心市委书记王海萍不幸被捕牺牲，许包野的弟弟许依华接任书记后也很快被捕。许包野临危受命，代理书记一职。同年 10 月，党中央正式任命许包野为厦门中心市委书记。于是，许包野全身心投入厦门党组织建设和配合减缓敌人对苏区压力的厦门地区的对敌武装斗争。他的经验和工作能力在任中共厦门中心市委书记期间得到了充分发挥，至今仍被厦门一些老同志回忆起。

至 1934 年 6 月许包野受命离开厦门时的两年多时间里，他不仅在白色恐怖中恢复了厦门党组织，并且在厦门岛上发展了 17 个支部、150 多名党员；厦门中心市委所属的闽南地区十多个县、市党员发展到近千人，正是这支力量，让厦门和闽南地区的武装斗争风起云涌，有力地配合了中央苏区的革命斗争。

现在，"保尔"来到了上海。

来到上海的"保尔"所看到的"东方巴黎"，形势远比他想象中的欧洲式的革命风云要严酷得多。身为江苏省委书记的他竟然只能与党内一个同志接头和见面，因为敌人放出的大批叛徒，几乎已经渗透到了我党上海中央局和江苏省委的每一个要害机构和人脉线上，这就是当时国民党当局实施的所谓"细胞战术"。

这种"细胞战术"非常恶毒，对我党组织造成了严重破坏，就跟现在的"癌细胞"一样。国民党特务机构一旦发现嫌疑对象便实施逮捕，关押后便派出劝降水平较高的特务对其进行威逼和恫吓，劝其叛变。在严刑拷打和特别手段的诱骗下，一些意志不坚定的人就叛变了，这些人就成了敌人对我党施行"细胞战术"的武器，他们或直接寻找残存的组织人员，或若无其事地重新回到组织上"继续革命"，像"癌细胞"似的注入我党组织内部。这些"癌细胞"对我党组织的破坏和同志的生命安危损害极大，因为他们有时装得比革命者更"马克思主义"。由于地下党组织被破坏得特别严重时，一般都是单线联系，于是甚至有叛变者假冒自己是中央或上级新任命的"某某书记"，既骗下面，又骗上级，结果稍不留神，我党组织就可能被"一窝端"……

　　"保尔"就是在这个时候上任江苏省委书记的。在他之前的几任书记被抓的抓、毙的毙，今天侥幸脱险，明天又遇更险之境地。许包野到上海前已经考虑到当前的复杂形势，出发时就在厦门带了位女共产党员，俩人假扮成夫妻到的上海。哪知一到上海，组织就告诉他，不能与此女在一起，因为她的丈夫已经当了叛徒。

　　中央特别指派原江苏省委秘书长杨光华作为许包野在上海的接头人，负责上接中共上海中央局的高文华。杨光华别名子才、老周，湖北人，1927年入党，参加过组建洪湖地下党组织，曾在贺龙领导的工农革命军任党代表，当过中共湘鄂西临时省委书记。因为在党内受"左"倾领导者的排斥，后调到上海中共中央局互济总会工作，1934年3月任中共江苏省委秘书长。此人革命信仰坚定，所以中央派他协助"保尔"重建江苏省委。

　　杨光华比初来乍到的许包野更了解上海的敌情，所以他建议新的江苏省委领导之间实行"一个人只知道一个地方"的组织方案，即杨光华只知道宣传部长的家，宣传部长只知道书记"保尔"的家，书记"保尔"只知道组织部长的家，组织部长只知道宣传部长的家。但敌人的手段也狡猾，他们得知中共江苏省委又新来了一位书记，便利用埋伏在党内的变节者诱捕杨光华和许包野，以此作为再度破坏江苏省委的突破口。

　　一日，一位姓龚的变节者突然跑到杨光华住处，说他是中共上海中央局的人，想见江苏省委新书记，有"中央精神"要传达，想以此诱骗"保尔"入敌人圈套。由于实施了"一个人只知道一个地方"的制度，杨光华还真的不知道许包野的住处。等此人走后，杨光华马上联系"上线"高文华，问有无其人。高文华说，他是我原来领导被捕后的新领导呀！

杨光华和高文华默默对视了半天，也不知姓龚的到底是不是真正的中央派来接头的"上级"人物。

如此险情，比电影和小说里编织的故事还要惊险！

杨光华和高文华只得一边接触一边等待着更多的观察机会，不敢贸然行动。

此时的省委书记"保尔"，每一分钟都可能处在危险之中。

又是一天，杨光华的住处突然来了一个陌生人，和杨光华对上暗号后，急促地说："我是特工队的，老高让你赶紧离开此地！现在什么都不要带，直接跟我走！"

杨光华只得跟着此人走。不一会儿遇见高文华，高文华又将杨光华带到法租界的一个文件印刷处。这时，一位工人模样的人对杨光华说："龚有问题！敌人已经查到你的住处，中央局要求你转移时，龚总建议你去新疆饭店，但正是这一点使我们发现了龚的可疑之处，因为中央特科队早知道那个新疆饭店正是敌人埋伏抓我地下党人的地方。所以虽然现在我们尚不能判断龚到底是否叛变，但必须对他采取必要措施了……"杨光华惊出一身冷汗，然后重重地点点头。

"保尔"的工作仍在秘密进行着。江苏省委的工作远比想象中的要严峻得多，每一个党内同级同志，都有可能是暗藏的变节者。许包野要以其丰富的经验和严明的组织纪律制度，尽可能做到在自己遇到不测之时，最大限度地保护好组织。这个巨大的难题考验着他，也考验着所有革命者。

"龚被组织隔离起来了，但又被他偷偷溜跑了……"有一天高文华告诉杨光华这一消息。

"这不是危险更大吗？"杨光华警惕万分。

"所以，我们估计他会迅速与敌人取得联系，实施对'保尔'书记和省委的再一次袭击！"高文华继而说，"而且从我方掌握的情报看，敌人已经注意到'保尔'书记，只是说他太机灵，始终掌握不了他的具体行踪。因此，你要尽快把这一情况告诉'保尔'书记让他特别小心。"

杨光华照办。

但突然又有一天，一个店员打扮的人出现在杨光华面前，神情异常紧张地告诉他："高文华可能出问题了，你马上跟我到新的地方。"

杨光华也不知真假，只得跟此人走。

　　到了新地址，杨光华一看是龚某人，不由内心大吃一惊，但立即故作镇静地问："你怎么跑来了？听说你环境不好，不能外出了。"又故意道："像你这样重要的党内负责同志，一旦出事，会给党组织造成极大的损失啊！"

　　龚一听，马上哭丧着脸，说："是啊，我的环境不太好，现在又与中央局失去了联系，连个住的地方都没有。你看是不是带我去江苏省委那里暂时住一段时间，以便同中央局接上关系？"

　　露马脚了！杨光华心头"噌"地一颤，这小子真的当叛徒了！他是想利用我找到江苏省委，找到"保尔"书记，甚至找到中央局机关更多的线索……

　　太危险了！杨光华心头想到这些，马上想到了应对措施，说："我现在也和中央局失去了联系，老高又出事了，我们现在也不住省委机关了，只能今天住这旅店，明天又换个地方。这样吧，现在又到了我去接头的时间，你在这儿等我，等我把新地址要到了，马上来告诉你。"

　　说着，杨光华抬腿要走。"慢着，"龚某拉住杨光华的袖子，说，"你等一下，我给你写个地址，等你把新地址找到后，就马上到这个地方来找我。"

　　"行！"杨光华这下更断定龚某是彻底地变节投敌了！可耻！

　　我中央特工队开始行动了。这是周恩来亲自组织的专门为除掉叛徒而设立的一个特别行动队，也叫"红队"。它先后由陈赓、李克农、潘汉年领导。

除掉龚某的行动困难而且复杂，因为此人的后台正是国民党特务机关的"王牌"——中统特务总局。

"红队"的行动先是由杨光华给龚某写个条子，告诉他："中央局在找你，请于9月15日到英租界四马路谦吉旅馆以熊国华的名义开个单间，即时有人来找。"条子由许包野交给那个丈夫已经当了叛徒的女人再转交龚某（之前姓龚的突然有了一次联系，这更让我组织确定龚已叛变）。龚某接到这张纸条后，心里很紧张，他知道"红队"的厉害，所以狡猾地说："我现在环境不好，我另派人去与中央局的人见面。"

许包野他们看出龚某害怕的心理，但又知道他"立功"心切，于是又让杨光华写纸条说："中央局领导是不允许一般人认识的，你若不去，则取消此次见面机会。"龚某一想也是，既然是中央局重要负责人见他，不可能随便见个生人。

"那行，完全同意安排！"龚某终于上钩了！

许包野等人立即联系"红队"，在说定的地点击杀姓龚的。

当晚，两个黑影闪进谦吉旅馆后，从登记簿上得知"熊国华"住在二楼34号房间，于是悄声上楼，小声敲门与里面的龚某"对上号"后被邀进屋，随即屋内传出"砰砰"几声枪响，一时间旅馆内乱成一片。

黑影趁机消失在夜幕中。不多时，一辆救护车抵达旅馆，一群巡捕从 34 号房间抬出了血流满身的"熊国华"（龚某人）……

许包野和"红队"以为"万无一失"，哪知比电影情节更曲折的事真的发生了。身负 3 枪的龚某，竟然死里逃生，活了过来，并被中统方面安排进英租界条件最好的仁济医院治疗，且有巡捕严密守护着。

怎么办？此人实际上已经知道中共上海中央局书记的情况，并对"保尔"书记及江苏省委的基本情况也了解不浅，只是中统特务总局本想钓出更大的"鱼"而没有让他早下手。现在，一旦负重伤的龚某苏醒过来，必给中央局和江苏省委带来不可弥补的损失。

形势紧迫！必须立即再作计划，干掉龚某。

什么办法？"强攻！绝杀！"许包野亲自和"红队"负责人制订方案。

9 月 26 日下午 3 时左右，仁济医院的探视时间到了。4 名化装成病人"家属"的"红队"队员，手持鲜花，向大门紧闭的病区径直而去。

"哎哎，你们有探视证吗？"门卫将"红队"队员拦住询问。

"有啊！你看这个……"两支手枪枪口黑洞洞的，对准门卫的胸口。一瞬间，门卫已被吓得举起了双手。

这时利索的"红队"队员将医院的电话线切断，随后径直走进龚某的病房。

"你们……"未等龚某反应过来，一阵枪声伴着"无耻叛徒"的骂声，在病房内响起。

龚某当场断气。绝杀成功。等大批巡捕和便衣中统特务赶到医院病房时，"红队"队员早已安全撤离。

"熊国华被杀事件"一时轰动上海，沉重地打击了国民党反动派的嚣张气焰。

中共江苏省委书记"保尔"的工作暂时有了一定保险系数，曾屡遭毁灭性打击的中共江苏省委又重新恢复工作……

这是许包野化名"保尔"在上海最为惊险、紧张与复杂的三个多月"江苏省委书记生涯"。

1934年9月，由于信阳县委书记被捕叛变，河南全省地下党的活动基本处于停滞状态。中央得知后，急令许包野赴河南出任新的省委书记。

这回"保尔"变成了"老刘"。然而此次中原之行，许包野这位中共高学历的领导者没能逃过敌人的眼线，在一次与当地的地下党组织负责人接头时，因被叛徒出卖而在旅馆内遭敌人抓捕。

大革命失败之后的那几年中，中国共产党的许多杰出的优秀高级干部就是在这种防不胜防的情形下被捕并很快牺牲了，实在可惜，令人格外悲痛。

深藏不露、在险恶环境中艰难辗转的许包野，在斗争形势最危险的上海滩上平安度过，却在河南省身入囚境……

他的身份这回彻底暴露在敌人面前，以致敌人对他采取最疯狂的毒刑，企图从他嘴里撬开通向中共中央核心情报之门……中国"保尔"这回受的磨难比苏联保尔高出百倍，敌人在他身上用尽恶毒手段，十根竹签被一根根地插钉在他的手指甲内……

"啊——"一阵阵钻心的疼痛，让许包野怒吼不止。

"说，把你们的机密说出来！"每一次昏迷之后醒来，敌人就开始逼供。

"不……我不知道！知道了也不会告诉你们……"许包野咬紧牙关，愤怒地回答。

"来，钉他的脚指甲！"敌人又绑住他双脚，开始将一根根长长的竹签往许包野脚指甲内狠狠地插……

"你们……没有人性！你们……终有一天会失败！"许包野不再怒吼了，只有低沉的呻吟，直到再次昏迷。

又一次昏迷。

无奈，蒋介石签发命令，将"共党要犯"许包野押解到南京中央军人监狱。

"怎么样？可以招了吧？看看你这个样，多半要残了！还能为共党做啥事嘛！像你这么大的领导，如果投靠到我们国民党，蒋委员长一定会给你个正儿八经的省长当当……"说客一批批来，但又一批批失望地走了。

"做梦！""保尔"如此回答。

"上刑！"敌人无计可施，只能用更严酷的毒刑来折磨许包野的肉体和意志。

"起来，饥寒交迫的奴隶……""保尔"用法语、德语、俄语唱着《国际歌》，以对抗敌人的毒刑。

"什么叽里咕噜的！"敌人气得直跺脚骂道。

"他换花样，我们也给他换换花样……"敌人开始玩花样了：用盐水灌"保尔"的手脚的伤口，再用小刀割破"保尔"的耳朵，并扎他的大腿和小腿，一直到皮开肉绽，而后再用烧红的烙铁烫其胸脯和肚子……他们想以此来彻底摧毁这位钢铁炼成的中国"保尔"。然而，敌人的所有企图都失败了。

许包野直到被敌人折磨至死，都没有吐出一个对不起党的字。因为伤势过重，他牺牲在牢房内……时年三十五岁。

远在老家的妻子——"尔"（叶雁蘋）一直不知丈夫到底在何方！即使到了新中国成立她仍不知其去向……没有人知道"许包野"是谁。因为老江苏省委的同志也只知道曾经有个"保尔"当过他们的书记，但时间不长，而且又是化名，并且同志之间相互单线联系，所以一直不知其人到底是谁。那位在澄海老家的妻子叶雁苹，从青丝少妇一直等到 1982 年重病在身、自知没有多少日子时，才向人提出要找找自己的丈夫。这事立即惊动了当地政府和党组织，于是寻找叶雁苹的丈夫成了几个省市党组织的一件大事。

1985 年，"许包野"就是"保尔"的事终于得到证实。1987 年，广东省人民政府正式追认许包野为革命烈士，并举行了一个隆重的纪念仪式。然而，苦等了丈夫五十二年的妻子因为身体原因没能到现场。几个月后，叶雁苹与世长辞，与她离别了半个多世纪的丈夫在另一个世界团聚……

被乡下妻子苦等五十二年没有任何音讯的"保尔"的故事，如今被更多人所知晓、传扬。无产阶级革命家许包野的名字，也被列在了南京雨花台革命烈士纪念馆和上海龙华革命烈士纪念馆内，受到人们永远地瞻仰。

而类似许包野这样的中国共产党地下工作时期的英雄，还有很多。他们为党的信仰和理想、为缔造新中国牺牲了宝贵的生命。他们的名字与精神，永远铭刻在中华大地上……

在雨花台，一位叫郭纲琳的女烈士也给我留下深刻印象。她是一位共青团干部，先生任无锡市中心团委书记、上海闸北区团委书记等。郭纲琳平时喜欢大雁，在监狱里她对难友说："雁是高尚的鸟，它们是合群的，最有组织和守纪律的。"郭纲琳在枕套上亲手绣了一只展翅高飞的大雁，以示自己坚信共产主义远大理想。

郭纲琳牺牲后，当时的《大美晚报》这样报道她的事迹：郭纲琳女士"态度之从容，为从来犯人中所罕见，面容冷酷，时摇头发平静之冷语……站立被告席中无半点忧色"。另一个外国记者这样报道："郭——这位青年的女孩子的眼睛里有一种威严不可侵犯的光芒，比古代皇后还富于权力。那种光芒射向法官，法官失色；射向国民党那位可怜的官员，那位官员低头。结果弄得不似法庭在审讯犯人，好似犯人在裁判法官。"

这就是中国共产党人，"保尔"式的、郭纲琳一样的中国共产党人！

上面我们说到"保尔"在上海从事地下工作时有一位叫高文华的"上线"，是与中央接头的秘密交通员。新中国成立后，高文华任水利部副部长，是湖南籍老革命家。这里我再说一位雨花台的革命烈士，也叫"高文华"，不过非许包野接头的"上线"，而是一位无锡青年，黄埔军校毕业生，而且还是位革命激情充沛的共产主义英勇战士。

高文华从小才华横溢，革命志向远大。1924 年，刚满十六岁的高文华报考了黄埔军校，成为第三期学员。当时学员队总队长是张治中，他很看好虽然身材瘦弱但才华超众的高文华，因为这位"无锡小伙子"人机灵，又能写一手好文章。尤其是在第二次东征战斗中，年龄虽小的高文华冲锋在前，不怕死的劲头让老师们印象极深。惠州一战中，高文华立了战功。而也在此时，高文华结识了黄埔军校里的共产党员，他秘密加入了中国共产党组织。

北伐开始，高文华随军战斗，一直向江西、浙江和上海挺进。此时，即将打到老家无锡附近的高文华因为蒋介石发动"四一〇""四一二"反革命政变，不得不离开北伐军。

"你只要留下，总司令说了，可以让你去当师长。"蒋介石派白崇禧来劝说高文华。

"我们是两条道上的人，在国民党内当再大的官，我也不感兴趣。"高文华断然拒绝。

"哼，你小小年纪，本可以前程无量，偏偏不知好歹，以后自己找苦吃吧！"话不投机，白崇禧气歪了嘴。

然而反动派并没有罢休，多次企图暗害高文华。党组织安排高文华离开军队，回到故乡继续从事革命工作。

当高文华穿着一身破衣衫、手提一只旧皮箱回到家时，父亲奇怪地问他："怎么从广州回来了？我给你找的金饭碗你为啥不要呀？这个模样回家让乡里乡亲怎么看你？"

高文华笑笑，说："这回我真的自己找到了金饭碗哩！"

"啥金饭碗？你说！"父亲问。

"我干的是让千千万万受苦人都能过上好日子的'金饭碗'。"

高文华理直气壮地说。

父亲一听就来气："那可是要被杀头的呀！"

高文华摇摇头，说："儿在黄埔军校四年，也打过仗，已经不怕死了。再说，我为了干革命这个'金饭碗'，死何足惧！"

党组织原本要送高文华等到莫斯科深造，后来因为"八七会议"，形势发生变化，国内更需要人才，高文华就被留在无锡，与当地党员骨干组织著名的无锡和宜兴暴动……

斗争是残酷的。无锡和宜兴农民暴动在大革命失败后的苏南地区影响甚大，反动派对暴动的农民起义军的镇压也特别疯狂。两个中共县委数度被破坏，夏霖、乔心全、孙选、张杏春、严寿鹤等7名干部被反动派当场斩首。已经暴露身份的高文华，此时被省委任命接替乔心全出任无锡团委书记。

那个时候，组织的新任命，很大程度上意味着牺牲风险的增加。化名程清的高文华转移到乡村继续投入新的暴动战斗。他用掌握的军事知识和关于鼓动的才华，积极动员共青团员行动起来，参加革命队伍，将当地的反对国民党统治的熊熊战火点燃……

这年春的一天，寒风吹拂着江南大地。正当高文华与团委的干部们在汤家桥的一个秘密据点开会时，国民党县公安局突然包围了会场，高文华立即将身上的党团员名单吞进肚里。反动警察冲过去按住高文华，企图撬开他的嘴，但为时已晚。

　　抓住"共党要犯",而且是位黄埔军校毕业的"要犯",国民党无锡当局有些得意忘形,想从高文华嘴里"掏"得他们可以立功受奖的东西,于是对他施以轮番毒刑,又百般诱惑,然而始终一无所获。

　　"押南京来!"一纸伪公文,高文华被押解到南京。当年曾与白崇禧一起"规劝"过高文华、此时已是国民党民政厅厅长的缪斌听说高文华被捕了,很得意地要"再会"老同学。

　　可他想错了。正如高文华在给家人的信中所说:"真理终永恒地存在于宇宙中,现在善恶不能分清,但总有分清之一日!"

　　因为拿不出实证,最后高文华被判九年徒刑。

　　"九年啊,现在你这么年轻,九年后出来就是老者了,可惜呵!"黄埔老同学假惺惺地过来说。

　　"嘿嘿,"高文华一声冷笑后,反问道,"看你们能不能坐得稳九年?"

　　之后,他在给家人的信中这样讽刺敌人:

　　　哈!哈!这不是九年的吃饭票已经找到了吗?这不是九年的生命保险也已经得着了吗?这不是九年期的大学校已经给了我入学证书?这样不是一件快活的事是什么?这消息在我都是一种愉快的好事情!

　　1928 年 7 月起，高文华被关押在南京老虎桥的江苏省第一监狱，代号"354"。国民党反动派为了折磨共产党人和革命者，设置的监狱根本不是人所能待的地方，不说狱吏们一个个都是刽子手，单单里面的环境就让你无法待下去……更让"犯人"无法忍受的是，即使在这种条件下，刑具上的肉体摧残和暗无天日的精神折磨，如果不是有坚定的信仰，很难有人数月、数年坚持得了！原本身体就比较瘦弱的高文华，深知自己陷入了另一个"慢屠杀"的战场。他以高昂的革命意志，在写给家人的信中如此说："我们虽然苦，但我们的良心没有受罪。我们虽然苦，我们依旧有我们至高无上的精神和愉快！我们是真理的追求者！我们是最公正无私的人！我们是最快活的人啊！"

　　同牢房的同事和同志，有些人在入狱后产生了思想上的波动。高文华便忍受着自己被用刑后的痛苦与折磨，将这样的难友找到身边，对他们说："有人往往将奋斗误会了，以为一定要在战场上才是奋斗，一定与人家用力决斗才是奋斗，其实前者不过是战争，后者不过是决斗，哪里是真的奋斗呢？真的奋斗是要有人类真理的精神，要有努力奋勇的气概，要为达到真理而不顾一切（一切包括社会国家的冷笑和压迫）。为人类争真理的英勇气概，才是奋斗。所以一个真的奋斗者绝不顾虑牺牲的大小，成功的多少或者竟失败的。"

　　他是一个真理的精神捍卫者，是一个理想的追随者。在知道自己快要牺牲的前夕，他一边强忍着头痛，一边奋笔疾书，写下了1700多行的叙事长诗《人祸》。这如长城一般延伸的长诗，如火焰喷射，如霞光万丈，如江流奔涌，如涓涓细流，讴歌了他对党的忠心与赤诚，鞭挞了国民党反动统治的无耻与罪恶，是生命的呐喊，是信仰的照明——

　　　　　　呵，全世界起了火焰；

　　　　　　不，全世界全是火焰。

　　　　　　红的火光愈加浓厚，

　　　　　　一切灰白的都化成了火焰，

　　　　　　一切封建的都由火焰烧灭。

　　　　　　把粗暴的东西抛向火中烧；

　　　　　　把压迫的建筑抛向火中烧；

　　　　　　把野蛮的行为抛向火中烧；

　　　　　　把原始的遗传抛向火中烧；

　　　　　　……

　　　　　　他要烧掉整个旧世界！

　　　　　　他要点亮整个新世界！

面对死亡，他无比坦然，因为——

呵，我纵然上过战场，但我在那里负着洋枪！

只要装上了子弹，便什么凶暴的军阀，

只要经我的瞄准，

立刻就可以射杀！

那么，就算自己被杀，又有什么恐怖？

又有什么悲伤？

呵，我纵然见过血淋淋的死首，

但那是英烈的战死，又有什么悲哀？

又有什么忧愁？

呵，我纵然是几日无吃，我纵然是几日无喝，

但只要是有效的努力，

便把生命去牺牲，又有什么可惜？

　　是的，一个原本瘦弱的年轻生命，被抛置在死亡的地狱途中，本来就如一盏行将熄灭的灯火，然而高文华以其坚毅的意志和高贵的信仰，将这灯火一直捻成最最明亮的光束，让活着的每一分、每一秒，都照耀着黑暗征途……

　　1931年3月的一天，瘦得只剩一身骨头的高文华，给家人寄去自己在狱中的一张照片。他在照片上题字说：

　　他快活着，如像以前。

　　他毫无忧伤，为的他全无牵挂……

　　高文华的病体在监狱中已经被彻底地摧残。8 月 28 日，母亲从老家得知后急急赶到监狱，见儿子奄奄一息，顿时老泪纵横。

　　"快来救我儿子！你们快来救救我儿子——"母亲声嘶力竭地喊着，但空荡荡的牢房里没有人回答她。

　　母亲立即起身，疯一般地奔出牢房，冲到大街上跪下双膝，乞求路人给点"救命钱"让她去为儿子买药……

　　当第二天母亲带着药物赶到牢房时，儿子却早已在凌晨咽了气。"儿啊！我的儿啊——"母亲的悲号，震荡了整个牢房。

　　母亲雇人将儿子高文华的遗体推出牢房时，轻轻地将一本他平时常看的英文版《共产党宣言》放在他的胸口。母亲知道，这是二十四岁的儿子安心离去的"宝贝"……

发表于《人民文学》2021 年第 6 期